m i l l i o n   d o l l a r   m a n

億男

お く お と こ

川村元氣

か わ む ら　げ ん き

王蘊潔｜譯

目錄

一名過氣諧星鼓勵生病的芭蕾舞者：

「人生需要的只是勇氣、想像力，和少許金錢。」

諧星繼續說道：

「奮戰吧！為人生而戰！享受生命，享受痛苦。生命很美好，也很美妙。人免不了一死，也無法躲過活著這件事。」

週五深夜。兩坪多大的冰冷房間內，一男從壁櫥裡拖出沉重的行李袋時，想起了卓別林《舞台春秋》中的這一幕。

原本企圖自殺的芭蕾舞者從卓別林飾演的諧星那裡得到了勇氣和想像力，重新站了起來。最後一幕，卓別林注視著芭蕾舞者在舞台上華麗舞姿的表情令人難以忘記。

只不過有一個鮮為人知的事實。卓別林在寫下這句台詞之前，拿到了一年六十七萬美元（相當於目前九億圓）、絕對不是「少許」的簽約金。

在簽約後，他茫然地站在紐約時代廣場正中央，看著大螢幕上顯示的有關自己簽約金的新聞。

當時的卓別林幸福嗎？

一男緩緩打開旅行袋，在腦海中依次回想起這三個星期以來所發生的事。但每次心潮都起伏不已，記憶一團混亂，簡直就像是隨便亂剪輯的電影，他至今仍然覺得自己身處未醒的夢境中。

他打開旅行袋，裡面裝滿了大量綑著紙條的百萬圓紙鈔。一男輕輕拿出整疊整疊的萬圓大鈔，排在榻榻米上。三百疊萬圓大鈔，地上是三億圓份的福澤諭吉的臉，他眞的是留下「天不在人上造人，亦不在人下造人」這句話的人嗎？

沒有人相信「有錢，就有幸福」這句話。

變成有錢人，住豪宅、天天吃大餐不再是每個人追求的幸福。我們周圍有太多億萬富翁家庭失和，或是暴發戶吃牢飯的新聞。

但是，大家也知道「即使沒錢，也可以得到幸福」這種話也是騙人的。

豐富的心靈比財富更重要絕對是謊言，果眞如此的話，應該會遇到更多發現「金錢買不到的幸福」的人。

一男盤腿坐在排滿榻榻米的三億圓上，持續思考著金錢和幸福的關係，但他不認爲自己能夠找到答案。

那該怎麼辦呢？

「請你告訴我金錢和幸福的關係。」

一男忍不住問福澤諭吉。

榻榻米上所有的諭吉都同時陷入了沉思，每個諭吉都露出深思的表情。一男目不轉睛地看著他們，期待他們可以告訴他答案。

「這個嘛，嗯，那個喔……」沉思良久，諭吉嚴肅地開了口，「金錢和幸福的關係，總而言之，其實、那個……我也想了很久很久，直到現在還沒有想出所以然，眞是抱歉啊。」

一男拋開愚蠢的妄想，無力地倒在三億圓上。他不經意地垂下雙眼，發現無數個諭吉都注視著自己。

他們似乎還在尋找答案。

一男的世界

聽說野口英世和樋口一葉都很窮困潦倒。

野口英世出生在窮人家，雖然成爲成功的醫學家，成爲人人稱頌的成功故事，但他經常把身上的錢花得精光；樋口一葉寫了《青梅竹馬》，成爲一流作家之後，仍然需要靠借錢度日，在二十四歲去世之前，都是一貧如洗的窮人。

深受貧窮之苦的人，在死後竟然變成了紙幣，不知道他們有何感想。

「貧窮必定樂趣無窮，否則不可能有那麼多窮人。」

以前看過一本談論金錢的書上，有這樣一句話。這句話告訴我們的不是享受貧窮的方法，而是這個世界在金錢的問題上充滿了諷刺。

一男也是因爲充滿諷刺的某一天所發生的事，成爲這三億圓的主人。

三個星期前的星期五。

那一天，一男在圖書館的櫃檯前整理讀者歸還的書。

他每天早上八點半到圖書館上班，打開館內的電燈，打開電腦，做好開館的準備。在九點圖書館開館之後，他一整天都坐在櫃檯內爲讀者辦理借書手續，整理歸還的圖書，或是把書放回書架。圖書館內的時間靜靜流逝，遠離世間的喧囂。一男很喜歡這種感覺。

「呃……打擾一下。」

一個瘦骨嶙峋的年輕人站在面前。他一頭凌亂的頭髮，臉上冒著鬍碴，身上的運動服領口都鬆了。他不是重考生，就是打工族。那個年輕人忍著呵欠開口問他：

「如何變成有錢人……之類的書放在哪裡？」

這個問題也問得太籠統了。

一男有點困惑地回答：

「你是說……想找如何變成有錢人的實用書嗎？」

「對，就是類似那種的書。」

「這個喔……有一本暢銷書，專門比較有錢人和窮人的不同，還有一本總結了猶太人富豪的金玉良言，都算是這類書籍中具代表性的，除此以外，還有一些書籍介紹的致富方法比較奇特，比方說，使用長皮夾，或是靠風水蒐集黃色的東西，以及和有錢人結婚，諸如此類的。」一男很有圖書館員的架勢，氣定神閒地回答，「二樓的商業書籍區的B書架上，有很多這種類型的書，你可以去找一找。」

瘦骨嶙峋的年輕人沒有看他一眼，對他鞠了一躬，緩緩走上了樓梯。

一男目送著他的背影離去時想，不知道他看了「商業書籍區B書架」上的書，能不能成爲有錢人。這個世界上充斥著「成爲有錢人的書」，也有不計其數的暢銷書，但到底有沒有人看了這些書，眞的成爲有錢人？

即使如此，每天仍然有很多人來借「成爲有錢人的書」，簡直就像在尋求藏寶圖，但是沒有人發現，那座島上根本沒有寶藏（或是已經被挖光了）。

下午五點。圖書館慵懶的鈴聲響起。

一男穿上羊毛牛角釦大衣，把東西收進小型背包後，離開了圖書館。但他並不是回家，而是搭了三十分鐘電車，在一個安靜的車站下了車，去車站前的牛丼店吃了簡單的晚餐，然後沿著昏暗的河岸走了十五分鐘，來到一家巨大的麵包工廠。

一男在放著一排置物櫃的狹小更衣室內換上白色工作服，戴上口罩，把塑膠帽戴在頭上，然後站在輸送帶前，把不斷轉到自己面前的麵團揉成麵包的形狀。除了中間有一個小時的休息時間以外，都要持續不停地和輸送帶上的麵團奮戰。這是永無止境的單調作業，酵母的味道嗆鼻，強烈的睡意不斷襲來，腦袋昏昏沉沉。他漸漸覺得自己變成了麵包，麵包變成了自己。

一男的弟弟在兩年前失蹤了。

弟弟留下了妻子和兩個孩子（一對活力充沛的兄弟）突然消失。不僅如此，弟弟還留下了三千萬的債務。一男得知這件事後，決定由自己扛起這筆債務。他的父母手頭並不寬裕，也沒有可以借錢周轉的親戚。

一男的妻子和岳父母說要援助他，妻子說：「你不必介意，我的父母也就是你的父母，遇到困難的時候，就要找父母幫忙。」但一男拒絕了，他不想造成妻子和岳父母的困擾，更重要的是，他為弟弟的所作所為感到羞恥，所以不願意接受任何人的援助。

他不願意回想接下來那兩年的生活。

每天回到家，就和妻子爭執不休，衝突的原因往往是小孩或是家事等微不足道的事，但現在回想起來，所有的問題都和「錢」有關。雖然雙方極力避免觸及這個話題，但問題的原因很明顯。半年後，妻子帶著獨生女兒離家出走（妻子在百貨公司上班，有一定的收入），之後就開始了一年半的分居生活。

爲了還清弟弟的債務，一男白天在圖書館上班，晚上站在麵包工廠的輸送帶前，每個月有四十萬圓的收入，扣除妻子、女兒和自己的生活費以外的二十萬圓，他都拿去還債。包括利息在內，要三十多年才能還清那筆債務。

朋友都勸他，還有更高效率賺錢的方法，一男也知道，但這種沒日沒夜工作的生活，可以淡化這場飛來橫禍般的悲劇。把所有的時間都投入工作，也許可以忘記目前讓自己深受折磨的「金錢現實」。

「貨幣是新型的奴隸制度。」

身爲大作家，卻始終過著清貧生活的托爾斯泰宣告和金錢訣別，但其中也有一個鮮爲人知的事實。他的妻子花錢如流水，夫妻之間整天吵架。最後，八十一歲的他離家出走，在寒冬的俄羅斯街頭走了三天三夜，倒在車站斷了氣。他終究無可避免地成爲金錢的奴隸。

一男也和托爾斯泰一樣，無論再怎麼不願面對，都無法逃避「金錢的現實」，一男如今深切體會到，原來貧困如此悲慘、痛苦。

凌晨三點下班的一男從漆黑的後門離開了麵包工廠。睡意和疲勞沉重地壓在他身上，他覺得身體好像不是自己的，但也只能邁著猶如拖著沙袋般的沉重步伐，回到工廠旁的宿舍。

走上樓梯時發出了沉悶的金屬聲，打開薄薄的木門，黑、白、灰三色大理石紋路的漂亮小貓（上個月看到有人丟棄在河岸，他就撿了回來）醒了，咪咪地叫著走到一男的腳下。

「等一下，馬克．祖克柏。」

一男爲小貓取了和年紀輕輕，就成爲億萬富翁的科技新貴相同的名字，把貓食和水放在牠面前。在可愛的祖克柏心無二用地吃飯時，他走出房間，去公用的浴室沖了澡。從外面走回家裡的短短數十秒期間，身體就變冷了。一男泡了咖啡，吃了之前買的香蕉和工廠發的土司麵包當作早餐。看著電視的新聞節目，和祖克柏玩耍了一陣子，突然像電池耗盡般睡著了。

一覺醒來，已經十一點多了。

「慘了，快來不及了。」一男摸著祖克柏的頭站了起來，慌忙從衣櫃裡拿出很少穿的西裝（在量販店買的深灰色西裝）穿在身上，笨拙地繫上了海軍藍的領帶，穿上皮鞋，離開了宿舍。

「啊喲，眞難得啊。」住在隔壁的一位上了年紀的同事擦身而過時向他打招呼，「今天要約會嗎？」

「是啊，」一男靦腆地回答，「也算是啦。」

「慢走啊，玩得開心點。」

一男揮揮手，回應了同事，一路跑向車站。

在電車上搖晃了四十五分鐘，綠色和藍色的風景漸漸變成了灰色，大樓越來越高。他在都心的某個車站下了車，那裡漂亮的街道很受好評。他穿越彷彿置身國外的街道，看到一家宛如法國豪宅般的高級餐廳。漆黑的大門、光可鑑人的大理石地板。他緊張地報上了預約時使用的名字，走進了餐廳。餐廳不大，但內部裝潢很有品味，餐廳內有十五張餐桌，打扮得光鮮亮麗，看起來不需要爲錢發愁的男男女女正在享用餐點。

有一個顯然和這裡的環境格格不入的小學女童坐在其中。她揹著紅色書包，坐在椅子上，無聊地晃動著兩隻腳。

「圓華，對不起，讓妳久等了。」一男快步走向餐桌，在椅子上坐了下來。

「爸爸，你這麼晚才來！我打算再等三分鐘，如果你再不來，我就要回家了。」

一男的女兒名叫圓華，和大部分父親一樣，一男也覺得「自己的前世情人是個美人胚子」。今天是女兒的九歲生日，一男咬了咬牙，請她在高級法國餐廳吃午餐。中午的套餐要四千圓，父女兩人就要八千圓，可以買八十個一男每天做的麵包。爲了這一餐、這一個小時，一男要工作一天一夜。以前瑪麗．安東尼王后曾經對因爲貧窮而深受飢餓之苦的民眾說：「沒有麵包，可以吃蛋糕」，飲食的價値的確最難判斷。

「請問要喝什麼飲料？」

身穿黑色西裝、身材高大的服務生來到桌旁問道。

「呃……」圓華目不轉睛地打量菜單之後，對服務生說：「請給我白飯。」

「圓華……一開始就吃白飯太奇怪了，而且菜單上也沒有白飯啊。」一男困惑地說。

圓華仍然晃著兩條腿，絲毫不覺得尷尬。

「好的，我去和主廚商量一下。」

服務生並沒有太在意，彬彬有禮地回答後，面帶笑容地轉身離開了。

幾分鐘後，開胃菜的芝麻葉沙拉和裝了白飯的盤子一起放在圓華面前。服務生向圓華眨了眨眼，輕輕笑了笑，圓華也對服務生露出微笑。女兒今天不是爲了自己，而是對著英俊的服務生露出第一個笑容，這件事讓他有點不爽，但他還是攤開餐巾，放在腿上。

圓華從紅色背包中拿出畫了哆啦A夢圖案的香鬆瓶子，把「哆啦A夢香鬆」撒在白飯上吃了起來。喀沙、喀沙、喀沙。安靜的餐廳內可以聽到她咬著香鬆白飯的聲音。時間在周圍那些打扮入時的男男女女苦笑中一分一秒地過去。

「最近還好嗎？」一男決定不理會這件事，問圓華的近況。

「哪方面？」圓華回答。

「學校啊，開心嗎？」

「普普通通。」

「妳媽媽還好嗎？」

「哪方面？」

「身體還好嗎？」

「身體很好啊。」

談話無法持續。小時候，一男經常牽著她的手出門，一起洗澡，陪她上床睡覺，如今連聊天都變得有一搭，沒一搭。他做夢都沒有想到，自己竟然會成爲這種「不知道該怎麼和女兒聊天的父親」。

一男就像是攀岩者在尋找下一個該抓的岩石般，絞盡腦汁思考話題，但談話仍然無法持續。即將跌落的一男帶著求助的心情問圓華：

「對了，差不多要舉行發表會了吧？」

「對，一個月後。」

「練習很辛苦嗎？」

「很辛苦。」圓華已經吃完了香鬆白飯，用餐巾擦著嘴回答，「但芭蕾很好玩啊。」

一男沒有參加去年的發表會，因爲妻子不希望他去參加。芭蕾教室有很多認識的朋友，很多人都知道他們已經分居。雖然也可以假裝成和樂的家庭去參加（他認爲應該有不少這樣的家庭），但妻子向來不喜歡說謊。

「今年媽媽也會去嗎？」

「應該吧，但她工作好像很忙，搞不好沒時間來參加。」

「這麼忙嗎……妳一個人在家不會寂寞嗎？」

「我沒事。」

女兒因爲父母的關係而感到寂寞。一男覺得如坐針氈。只要有錢，就可以避免這種情況。他不由得這麼想，也開始覺得也許當時該接受妻子的提議，由她的娘家代爲清償那筆債務。

但是，人往往在面對無可挽回的結果時，才會知道什麼是正確的決定。

服務生送來了馬鈴薯冷湯。圓華吃著香鬆白飯配冷湯，之後又送來了香煎魴魚和菲力牛排，但圓華幾乎都沒吃，就連看到偷偷爲她準備的蛋糕都無動於衷，意外驚喜策略完全失敗。

「妳想要什麼生日禮物？」

一男吃蛋糕時問。

「嗯，還沒想好。」

圓華咬著寫了「Happy Birthday」的巧克力片回答。

「妳不必客氣，爸爸並不是沒有錢。」

「但不是要還……給別人嗎？不是要還債？」

「嗯，雖然是這樣，但妳不必在意這種事。」

「……我沒有什麼想要的禮物。」

「是喔……那等妳想到了，爸爸買給妳。」

走出餐廳後，一男和圓華一起走在街上。

假日的街道上擠滿了攜家帶眷的人群。小孩子追著父親，大聲歡笑著；母親把哇哇大哭的嬰兒抱在懷裡搖晃著。這些幸福的家庭應該都住在都心的高級住宅區，只要有錢，就可以建立幸福的家庭嗎？他看著低著頭，無精打采地走在自己身旁的女兒，忍不住想要流淚。

一男默然不語地走著，圓華也低頭邁步。周圍的風景好像拋下他們般迅速向後移動。回過神時，發現已經來到了車站。

離別的時刻即將到來。雖然明知道這一點，父女兩人仍然相對無言。車站所在的購物中心正在舉辦抽獎活動，攜家帶眷的人潮大排長龍。只要購物滿三千圓，就可以參加一次抽獎。寫著「豪華獎品」的牌子掛得高高的，頭獎是夏威夷旅行。

圓華看著那塊牌子停下了腳步。

「妳想去夏威夷嗎？」

「沒有。」圓華搖了搖頭。

一男再度順著圓華的視線望去，發現她並不是看著夏威夷，而是看著三獎的腳踏車。那是一輛綠色腳踏車。

「妳想要新的腳踏車嗎？」

「……沒有啊。」

「要不要去抽獎？」

「不用了，還要花錢買不需要的東西。」

第一次買腳踏車送給圓華至今已經四年，一男想像著圓華的身體縮在小腳踏車上，踩著踏板的身影。女兒甚至不敢要求自己爲她買一輛區區幾萬圓的腳踏車。

「如果你們有興趣，這個送你們。」

身旁突然傳來一個聲音。一男他們站在抽獎會場前遲遲不願離去，一位老婦人可能看了感到於心不忍，遞給他們一張抽獎券。

「不，不用，謝謝妳。」一男謝絕道，「我們只是好奇看一下。」

「沒關係，沒關係，反正我也不可能抽中大獎。」老婦人看著堆積如山的安慰獎面紙笑著說道，「我活了八十年，從來沒有中過獎。」

「那我就不客氣收下了。」一男接過抽獎券。

「謝謝。」圓華也鞠躬。

「祝你們好運！」老婦人摸了摸圓華的頭，搭電扶梯離開了。

父女兩個站在長長隊伍的最後方等待抽獎。前方不時傳來噹噹鐘聲，宣告有人抽中了不錯的獎品。一男每次都很擔心腳踏車被人抽走了。

回想起來，一男從小到大，也沒中過大獎。和剛才那位老婦人一樣，通常都是帶幾包面紙回家。即使難得中獎，也只是幾百圓的商品券而已。久而久之，他覺得自己的人生和抽中夏威夷旅行或是高級家電這種大獎無緣，甚至從來沒有遇到過能夠抽中夏威夷旅行之類大獎的人。即使如此，他仍然每次都不加思索地挑戰抽獎，理所當然地帶著面紙回家。這種狀況正如有錢人和窮人之間的差別，認爲自己只能抽中面紙的人，就一輩子只能抽中面紙。只有能夠明確想像自己抽中夏威夷旅行的人，才能抽中夏威夷旅行，如同那些能夠成爲有錢人的人，都能夠明確想像自己成爲有錢人的樣子。

一男排隊時想著這些事，很快就輪到了他。他把抽獎券交給工作人員，握住把手，轉動著八角形的箱子（那個箱子到底叫什麼名字？），發出了嘎啦嘎啦的聲音。一男那一刻用念力想著腳踏車，不一會兒，一顆黃色小珠子掉了下來。

「四獎！十張彩券！」工作人員大聲宣布，噹噹噹地敲響了鐘。

「對不起……沒有抽中腳踏車。」

臨別時，一男在月台上對圓華說。

「……沒關係啊，」圓華回答：「你眞的以爲能抽中嗎？」

「是啊，因爲我用了念力，但沒這麼容易抽中……」

一男嘆著氣。他吐出的氣變成了白色，融化在紫色的天空中。

這時，圓華輕輕握了一男的手。她的手溫暖又柔軟，原本覺得女兒長大了，沒想到她的手還那麼小，一男忍不住想起以前每天牽著她的手走在路上的記憶。

一男驚訝地看著圓華，圓華害羞地低著頭。沒錯，女兒從小就能看穿我的所思所想，每當發現我心情沮喪時，就對我特別溫柔。

一男比圓華稍微用力回握了她的手。

「如果有看到什麼喜歡的東西，爸爸下次買給妳。」

「爸爸，你不需要這麼硬撐，」圓華低著頭回答，「因爲這不像你。」

電車駛進了月台。

「再見。」圓華道別後，揹著紅背包的矮小身影衝進了電車。

在門噗啾一聲關起的瞬間，一男大叫著說：「生日快樂！」

圓華在關閉的門內說：「謝謝。」然後輕輕笑了笑。

十天後，事件發生了。

那天晚上，一男在冰冷黑暗的房間內看著筆電亮燦燦的螢幕，幾乎快把螢幕都看穿一個洞。然後，他重重地嘆了一口氣，關了筆電，鑽進了被子裡。小貓馬克．祖克柏縮在被子裡睡著了。一男閉上眼睛，配合祖克柏輕微的鼻息呼吸，但是，他怎麼也睡不著。在被子裡翻來覆去一個小時後，他離開被子，再度打開電腦，注視著螢幕。光是今天，他已經重複了相同的動作超過十次以上。

他中了彩券。

三億圓。

九位數的數字在電腦螢幕上閃爍。

一男將手上彩券上的號碼和電腦螢幕中顯示的中獎號碼比較，無論確認幾次，都完全一樣。

「三億圓……三億圓。」一男好像在唸咒語般重複嘀咕著。他試圖藉由一次一次咀嚼這個數字，平靜自己的心情，但是，這排數字簡直就像是阿拉伯文，遲遲無法進入他的腦海。

如果那位老婦人知道這件事，不知道是不是會後悔？啊，我活了八十年，以前抽獎時，每次都抽到面紙，沒想到在人生的最後關頭，竟然有三億圓在等待我。全天下竟然有這種悲劇？老婦人會不會這麼想？但是，有人沒中獎，就代表有人中獎。如同有窮人，才會有富人。

無論如何，都必須讓心情平靜下來。

一男在網站首頁的搜尋欄輸入「彩券、中獎者」幾個字後按了點擊，想要在網路上尋找同類。一男看了隨著滑鼠答答的聲音出現在最上方的文字列，不禁感到愕然。

彩券中獎者和之後的悲慘人生。

其中出現了地獄、露餡、家庭崩潰、失業、詐欺、失蹤、死亡……等負面的字眼。搜尋彩券的相關內容，竟然看到一連串悲劇。

土耳其的一名木匠買彩券中了高額獎金後，工作不順利，和妻子離婚，最後甚至進了監獄；德國的一名郵差中獎後，親戚朋友都持續向他借錢，最後他下落不明，被發現時，已經變成一具白骨。一名美國女高中生十五歲就中了獎，不斷做隆乳和整型手術，最後沉迷毒品，走向毀滅……

「懂得用錢之道，和賺錢一樣難。」

比爾．蓋茲成爲世界首富時，曾經說過這句話。

網路世界中充斥著世界各地彩券中獎者的悲劇，似乎證明了這句話的眞實性。

「大部分因彩券而中了高額獎金的人，在十年後都恢復了原來的生活。」

用這句令人絕望的話作爲總結的網頁有超過兩百萬人次的瀏覽紀錄，而且有五百個人爲這個報導不幸內容的網站按讚。一男以極其具體的方式瞭解到「他人的不幸甘如蜜」這句話的意思。

以前曾經聽說，日本上班族一輩子可以賺三億圓，一男在一眨眼的工夫就得到了別人一輩子的薪水。他每天沒日沒夜工作，年薪五百萬圓，這張彩券相當於他六十年的薪水。

簡直就像是科幻小說，瞬間移動了半世紀的人生，但不可能白白得到這個好處。無論在任何世界，瞬間移動和穿越時空的人都會爲此付出代價，遭遇災難。

一男在妄想的世界不斷瞬間移動。他衝破大氣層，穿越月亮，飛過冥王星，跳進黑洞，然後回到這個狹小的房間。

電腦螢幕的畫面突然搖晃起來，他陷入了沉睡。

小貓祖克柏咪咪地叫，抓著一男的T恤領子，一男醒了過來。一看鬧鐘，早上七點多，差不多該去上班了，但他覺得很不舒服，而且在目前的混亂狀況下，根本無心工作。一男深呼吸後，打電話給圖書館的同事，請他爲自己代班。

掛上電話後，一男把彩券放進口袋，走出家門。他緩緩走下樓梯，以免發出聲音，走出宿舍大門後，開始跑了起來。他甩動手臂，跨著大步，沿著河岸奔跑。心臟劇烈跳動，幾乎快跳了出來，但不斷對他發出「快跑」的命令。他的腳底發燙，胸口發悶，但仍然持續奔跑。

一男衝進車站附近的銀行，上氣不接下氣地站在櫃檯前，把彩券遞給行員。櫃檯的女行員靜靜地接過彩券，放在小型箱型機器中，螢幕上出現了中獎金額。一男探頭張望，看到液晶螢幕上出現了九位數的數字。三億圓。無論看多少次，都沒有眞實感。他茫然地看著這排數字，女行員小聲對他說：「請您稍候片刻。」然後站了起來，跑向並排坐在櫃檯後方的一胖一瘦男行員。

「恭喜您中獎！」

走進貴賓室，瘦行員笑著遞上了名片，名片上印著「分行經理」的頭銜。接著，另一個肥胖的男行員也說著：「恭喜您中獎！」遞上了印著「課長」頭銜的名片。

「不好意思，那就先和您談正事……」分行經理很快露出嚴肅的表情說：「因爲您這次的中獎金額超過一百萬圓，所以需要進行鑑定作業……」

「鑑定是指？」一男問道。

「由我們將彩券送去總行進行鑑定，一個星期內將會通知您結果。可不可以先麻煩您填寫這份資料？」

分行經理說完，遞上一張印著「高額彩券保管收據」的單子。

一男默默點了點頭，簽完名後，蓋了印章。

「另外，我們會提供這份小冊子給中獎金額超過一千萬圓的中獎者參考。」

分行經理說完，把一本像是文庫本大小的冊子交給一男。

小冊子的封面上印著《【那天】之後讀本》。

封面上畫著男女老幼帶著燦爛笑容仰望天空，難道這是在暗示中獎者都是天之驕子的意思嗎？

他翻開封面。

恭喜您中獎。此刻，您一定對突然造訪的幸運感到驚訝和喜悅，同時，面對這個前所未有的經驗，或許有點不安。本書收錄了律師、心理醫生和金融規劃師等專家提供的各項建議，希望能夠消除您內心的不安和疑問，本書內容按照中獎之後，該著手進行的事的順序加以介紹。

但是，本書中所介紹的只是很普遍的內容，並無法解決中獎者從現在到未來可能會面臨的所有不安和問題。而且不用說，該如何使用這筆獎金的最終決定權掌握在您的手上，希望您能夠在閱讀本書的過程中，逐漸思考這些問題。

在這篇搞不懂是親切還是冷漠的莫名其妙序文之後，寫著「爲了安全起見，請將獎金存入銀行等帳戶」、「如非絕對必要，絕對不要帶現金回家」、「等一下，等平靜之後再這麼做也不遲」、「必須意識到，剛中獎後的自己處於興奮狀態」、「重新檢視自己的性格和習慣」、「必須瞭解到，時間是最好的朋友」、「檢查自己有沒有變得過度神經質」、「興奮後的不安，是恢復以往自己的過程」、「即使中了獎，自己並沒有改變」、「認識到中獎只是得到幸福的手段之一」、「爲了以防萬一，寫下遺書」等等，以條列的方式，列舉了中獎人的心得，一男覺得好像在看什麼哲學書或是自我啓發的書籍。

「希望您能夠充分思考後，再決定如何使用獎金。」

分行經理看到一男瀏覽完小冊子後說道。

「雖然這麼說很失禮，但彩券高額獎金的中獎人往往會陷入混亂，然後因爲這種混亂而浪費了獎金。」

「我想也是，我看到一個網站上寫著許多買彩券中了高額獎金的人，人生都很不幸。」

「雖然無法一竿子打翻一船人，但也不能說這些故事都是空穴來風。許多人因爲生活突然發生改變，最後甚至舉債度日，也有人爲親戚和朋友的嫉妒和對金錢的貪婪而煩惱不已，甚至有人遇到詐欺和搶劫，所以不要輕易向他人透露這件事。」

經常聽人說，一旦中了獎，親戚和朋友突然增加。一男覺得這是無可避免的情況，就好像在密閉房間的垃圾桶會飛出很多果蠅。但會造成這種情況的原因，在於中獎者請教的對象，把中獎的消息告訴了別人，結果就一傳十，十傳百，變得天下皆知了。也就是說，問題不是出在密閉的房間，那些垃圾才是問題所在，所以，這件事絕對不能告訴任何人。

「本行建議您慢慢花時間和我們一起討論獎金的運用計畫。」

分行經理一口氣說完後，課長把一份份簡介排在桌子上說：

「這是本行的定存方案，這是投資信託方案，同時爲您準備了壽險和個人年金等多種不同方案，我們會根據您的需求，爲您量身打造最合理的理財規劃。」

一男覺得應該聽從他們的建議，銀行員是金錢方面的專家，說的話準沒錯。

一男用力深呼吸後回答說：「好，那我先存起來。」

離開銀行的回家路上，一男覺得飢腸轆轆，走進了一家牛丼店。他從早上就沒有吃任何東西，現在已經傍晚了。

他坐在吧檯右側第二個座位看著菜單，然後打開皮夾一看，發現身上有兩千八百圓。平時他向來都點最便宜的豬肉丼，但今天點了最貴的大碗牛肉丼，還加點了味噌湯、醬菜和雞蛋，外加沙拉。他狼吞虎嚥地吃完「豪華大餐」，結帳時發現比平時貴一倍，但也沒有超過一千圓。

走出牛丼店，他想起家裡的鮮奶喝完了，於是走進斜對面的一家超市。他拿著購物籃去鮮奶區，所有的牛奶都排得整整齊齊。他平時都毫不猶豫地拿起最便宜的牛奶，但今天不一樣。一男拿起白底上印著藍色文字、包裝設計看起來很乾淨的牛奶盒放進了購物籃。以前他曾經在促銷時買過這種鮮奶，覺得很好喝。多花八十圓的奢侈。買完鮮奶後，他又走去麵包區，今天不吃工廠配給的土司，而是買了英式瑪芬。這也是一餐多付八十圓的奢侈。他又接著買了奶油，而不是瑪琪琳。香菇也買了國產的，而不是中國產，最後更大手筆地買了台灣香蕉。

杜思妥也夫斯基曾經說：「金錢是被鑄造出來的自由。」

金錢或許無法買到幸福，但至少可以得到自由——做自己喜歡的事的自由，以及不必做自己討厭的事的自由。

他以前從來沒想過要住在高樓大廈，開進口車，也不認爲那是幸福的生活。雖然債務纏身，貧困潦倒，但並不是因爲酸葡萄心理才這麼認爲。然而，如今手上有了三億圓，一男發現自己得到了自由——得到了買最好喝的鮮奶，而不是最便宜鮮奶的自由；得到了買自己最想吃的麵包，而不是最便宜麵包的自由。

同時他感到愕然，原來就只是這種程度的事而已。杜思妥也夫斯基說的這句「金錢帶來自由」的話，對一男來說，就只是鮮奶和麵包的問題而已。一男站在超市內，茫然地看著琳琅滿目的商品很久。

回到家裡，祖克柏咪咪叫著，跑到一男的腳下。

一男人把貓食和剛買的「好喝」鮮奶分別裝進貓碗，打開了電腦，在搜尋欄內輸入「巨款、使用方法」後，點了滑鼠。

「如果我有巨款」、「有錢人讓錢滾錢的方法」、「聊聊有趣的用錢方法」。

文字列不斷出現在螢幕上，一男將目光停留在其中一行字上。

億男的金言

竟然有這種名字的網站，網站中就像精采壓軸戲般大肆介紹了億萬富翁和偉人所說的關於金錢的名言。

「只要我什麼都不買，就有這輩子都花不完的錢」、「金錢是好僕人，卻也是壞主人」、「對我的人生影響最大的一本書，就是銀行存摺」、「金錢就像肥料，四處灑才能發揮作用，如果堆在一處，就會發出惡臭」、「年輕時，曾經認爲金錢是人生最重要的東西，如今上了年紀，發現果眞如此」。

一男看著無數「億男」說的話，忍不住想到，有這麼多「金言」存在，已經成爲大家的共識，但幾乎大部分人都無法成為有錢人，而且一輩子都不知道這些話眞正的意思，就和去圖書館借「變成有錢人」的書的那個年輕人一樣。

一男在昨天之前也是如此，諷刺的是，得到三億圓的現在，才覺得自己第一次充分瞭解這些話的眞正意思。原來自己也加入了「億男」的行列。

一男在「億男的金言」中發現了歌舞伎劇本作家默阿彌的話：

「地獄的事也要靠錢搞定。」

他忍不住苦笑起來。如果默阿彌的這句話屬實，他也許有機會和妻女破鏡重圓，也許可以用金錢買回因爲金錢而失去的幸福。

一男拿出手機，尋找妻子的電話。「我中了彩券！中了三億圓！可以立刻還清債務，也可以買房子、買車子，想出國去哪個國家旅行都沒問題。一家三口找時間去吃法國大餐，想吃壽司或是烤肉也都沒問題，大家一起來慶祝！」他想一口氣對妻子這麼說，卻遲遲無法按下通話鍵，兩年的時間所形成的鴻溝深深地擋在他們之間。自己必須調整好心情，思考適當的話語，冷靜地告訴妻子，才能塡補這片空白。一男放下手機，再度看著電腦螢幕，目光停留在網站的最後一句話上：

人生需要的只是勇氣、想像力，和少許金錢。

查理・卓別林

一男想起了告訴他這句話的人。

對他說這句話的是人生第一個，也是最後一個好友。無論在他之前，或是在他之後，他都是唯一有資格稱爲好友的人。一男心想，如果要找人商量，當然非他莫屬。

也許更早之前，一男就已經知道了這個答案，只是猶豫的心情綁住了他，然而，卓別林的話推了他一把，他撥打了那個熟悉的電話號碼。

十五年來，他第一次撥打這個電話。

九十九的錢

「壽命無限壽命無限……生命綿延至五劫……」

大學教室內打造的小型舞台上，一個鬈毛男坐在座墊上嘀嘀咕咕說著話。他駝著背，略微低著頭，看起來很沒有自信。

「多福多壽如海底砂、水裡魚，水湍流、雲來往、風起落……食無憂，睡無慮，住無愁……」

一男目不轉睛地看著舞台上的鬈毛男。他穿著黑色西裝，繫上灰色領帶。一男猜想他和自己一樣，也是新生。一男剛才被穿著和服的強勢學長帶來這個教室，看著正在表演落語的新生。眼前的景象很奇妙，然而，鬈毛男的樣子吸引了一男。

「生命力旺盛如小巷盛開的紫金牛、富強王國派波國，派波國的長壽國王秀林根，長壽國王秀林根的長壽王妃格琳黛……」

鬈毛男越說越快，身體也越挺越直，口齒也越來越清晰，就像糾結在一起的毛線漸漸解開了。一男注視著他，整個人好像被吸了過去。

「長壽王妃格琳黛的長壽公主彭波可比和彭波可娜的長命無限的長助，今天不去上學嗎？」

教室內響起竊笑聲（教室內身穿和服的人和穿西裝的新生各佔一半），鬈毛男沒有等笑聲停止，就琅琅地繼續說道：

「啊喲，是阿金啊，謝謝你來找我家的少爺，但我家的壽命無限壽命無限，生命綿延至五劫，多福多壽如海底砂、水裡魚，水湍流、雲來往、風起落……食無憂，睡無慮，住無愁、生命力旺盛如小巷盛開的紫金牛、富強王國派波國，派波國的長壽國王秀林根，長壽國王秀林根的長壽王妃格琳黛，長壽王妃格琳黛的長壽公主彭波可比和彭波可娜的長命無限的長助還在睡覺。我這就去叫他起床，你稍微等一下。趕快起床吧，壽命無限壽命無限……」

觀眾席上的笑聲越來越大，鬈毛男接受了這些笑聲，卻又充耳不聞，宛如在唱歌般表演完落語。當他表演完畢，教室內那些身穿和服的學長報以熱烈的掌聲和喝采。一男和他周圍的新生也都情不自禁地爲他鼓掌。

鬈毛男從舞台上走了下來，轉眼之間，就恢復了駝背、低頭的樣子。當那些穿著和服的學長圍著他說：「太厲害了！」「馬上可以成爲戰力！」時，他也（用幾乎聽不到的聲音）嘀嘀咕咕地回應。

鬈毛男當場被半強迫塡寫了加入社團申請書，當他終於擺脫圍著他的和服學長時，一男上前向他打招呼。那是一男有生以來第一次和初次見面的人說話。可能因爲太激動了，他對於像自己一樣內向的人竟然能夠在眾人面前完成出色的表演，發自內心地感動不已。

「你的落語太厲害了，雖然我第一次聽落語，嗯，太有意思了。」

「謝、謝謝你。」

駝背、低著頭的鬈毛男維持著這個姿勢，轉動著眼珠子看著一男，那雙眼睛簡直就像躲在停車場車子底下看過來的黑貓，那個眼神似乎在仔細觀察眼前這個人是否值得信賴。

「你、你叫一男……嗎？你也要加、加入落語研究社嗎？」

「啊？嗯，我並沒有這個打算，只是硬被帶來這裡，我對落語一竅不通，更沒有膽量在眾人面前說話。」

「是、是啊……」

「但是，你的表演很出色，非常有趣，就連我這個對落語一竅不通的人，也覺得太棒了。」

「謝謝，但、但是，我只是全都背下來而已。」

「只是背下來而已嗎？」

「把落語名家的錄音帶全都背下來，連即興表演的段子也全、全都背下來。」

「落語就這樣而已？」

「對啊，與其自己寫一些亂七八糟的段子，還不如全都背下來，直接表演別人的段子，尤其是像我這種類型的人。」

「是喔，是這樣喔？」

「就是這樣，日文中，『學習』這個字的語源就是『模仿』，無論任何事都從模仿開始。」

「是喔……你這個人真的很有意思。我可以請教你的名字嗎？」

「我叫九、九十九。」

「九十九？」

「對，九、九十九，讀成tsu-ku-mo。」

「是喔，九十九，很高興認識你。」

「彼、彼此彼此，一男。」

一男也當場塡寫了加入落語研究社的申請表，和九十九一起加入了這個社團。那已經是二十年前的往事了。

一男讀的是文學院，九十九讀理工學院。

一男從不認眞上課，每天都衝去社團活動室混時間。傍晚時，和從早上第一節就開始認眞上課的九十九會合，然後兩個人一起看落語的錄影帶到晚上，在大學旁一家裝潢像咖啡店的居酒屋稍微喝點酒再回家。四年期間，幾乎每天都維持相同的生活。

九十九沒有辜負學長的期待，成爲了活躍的出色學生落語家。二年級時，已經成爲落語研究社中，能夠贏得最多笑聲的落語家。一男多次挑戰的段子始終說不好，幾乎都在台下當觀眾，但是，當受九十九之邀去專門表演日本傳統娛樂劇目的寄席劇場去看表演時，落語的魅力深深吸引了他。

他們幾乎每週都去寄席劇場報到，從古典落語到新創落語，從新人落語家到資深落語家，只要有他們喜愛的落語，他們都去觀看。一男喜歡通俗易懂、逗趣好笑的劇目，九十九則喜歡笑中帶溫馨的故事。九十九說，他也想要研究主要在京都和大阪一帶表演的上方落語，所以他們曾經搭夜間遊覽車（兩個人都很窮），去大阪看落語。九十九重複聽名家的錄音帶，一次又一次看錄影帶，不斷模仿，磨練自己的技巧。

畢業公演時，一男表演了九十九教他的「壽命無限」，九十九則表演了拿手的「芝濱」作爲壓軸。公演的最後一天，學弟分頭招攬觀眾，設置了舞台的教室內擠滿了超過一百名觀眾。九十九演的「芝濱」精湛無比，堪稱爲集大成的代表作。觀眾捧腹大笑，最後又流下了眼淚。

爲了沒出息的老公而演了一場戲的妻子最後告白的那一幕，很多觀眾都流下了眼淚。當九十九說完最後一句：「不然又做夢就慘了」，然後在台上鞠躬時，全場的觀眾都發自內心爲他鼓掌。

大學四年期間，一男和九十九形影不離。三百六十五天，他們並沒有做什麼特別的事，也沒有特別聊什麼，但一男和九十九如影隨形。如今一男覺得，即使沒有特別的目的或原因，也能夠在一起的朋友才是眞正的好朋友。對一男而言，九十九是第一個，也是最後一個好友，對九十九而言，必定也是如此。

「一男和九十九相加是一百，你們兩個人加在一起，才終於成爲百分之百。」落語研究社的成員經常這麼調侃他們。

一男每次都笑著回答說：「和九十九相比，我的確只有一而已。」九十九無論落語的能力，還是在校成績都是頂級，寫程式的才華也是理工系中的翹楚，教授都說，很多企業都希望能夠延攬九十九進他們公司。雖然他們如影相隨，但九十九在所有方面都比一男優秀。

「如、如果沒有你，我們就、就不可能成爲一百。」每次遭到調侃，九十九都會約他出來，一臉認眞地對他說：「我自己不、不會訂票，也會迷路，走不到劇場，絕、絕對不可能去大阪，而且也不可能一個人去社團活動室。我、我們兩個人在一起，才終於成爲百分之百，才能夠完美。」

「我知道，但大家只是開玩笑，你不必當眞。你眞的很認眞。」一男笑著回答。

他們絕對信任對方，就好像表演空中鞦韆的雜技演員，一男和九十九之間建立了堅強的信賴關係。當時的一男和九十九在一起，才成爲百分之百。

一男在都心的地鐵車站下了車，走過長長的石造地下通道。當他搭著很長的電扶梯來到地面時，眼前有一棟巨大的青綠色摩天大樓，簡直就像參天大樹高入雲天。

昨天晚上，一男打通了九十九的電話（幸好他的電話號碼沒變）。鈴聲響了五次之後，傳來九十九的聲音。他的聲音聽起來很冷淡，不知道房間內是否只有他一個人，周圍非常安靜。雖然十五年沒有聯絡，但他們沒有寒暄「好久不見」或是「最近好嗎？」一男只是對他說：「我有事想請教你。」九十九回答：「那你來我家。」告訴他地址後，就掛上了電話。

今天，一男來到九十九在電話中告訴他的地址，發現那裡是一棟巨大的高樓大廈，電視劇和電影也經常在這裡取景，聽說一個樓層的月租要五、六千萬圓。如果住在這裡，一男的三億圓在短短半年就會消失。原來這個世界上還有這樣使用三億圓的方式。一男走進大樓入口，不由得爲九十九和自己在這十五年期間產生了如此大的差距感到愕然。

外資證券公司、電腦公司、法人的律師事務所、不動產投資公司、生化科技公司、瘦身中心、遊戲公司和補習班，大樓內有各種不同行業的辦公室，每家公司每個月都支付數千萬圓的租金。這證明除了金融和電子產業以外，還有很多快速賺錢的方法，只是自己不知道而已。九十九就住在這種周圍都是公司行號辦公室的地方，一男走進電梯時，對這件事感到有點混亂。

畢業之後，落語研究社的成員也不時聚會。

一男幾乎每次都參加，但九十九從來不參加。別人問到九十九的近況時，一男都回答：「畢業之後，就和他沒聯絡了」，他們猜想一男和九十九之間發生了什麼事，也就沒有再多問什麼。

畢業大約十年左右，一男從難得參加聚會的學長口中聽到了九十九的消息。那位學長在大型廣告公司工作一段時間後自立門戶，開了一家開發手機app的新創公司大獲成功，在年輕企業家的交流會上偶然遇見了九十九。

「九十九還好嗎？」

一男忍不住問。

「他變成了有錢人。」學長說完笑了起來，「他成立了一家社群網站公司，公司非常成功，市值總額超過一千億。」

「那眞的是有錢人了。」

「是啊，但他和以前完全一樣，駝著背，畏畏縮縮的。」

「九十九到哪裡還是九十九。」一男笑著說，但學長一臉嚴肅地說：

「……但還是不一樣，他可能和以前不一樣了。」

「什麼意思？」

「九十九看起來一臉無趣，我覺得他好像很煩躁。他周圍有一些莫名其妙開朗的人，每個人都笑得很大聲，拍著手熱鬧不已，但只有被這些人圍著的九十九始終低著頭，不發一語，沒有看任何人，也幾乎不說話。反正看起來很無聊，雖然他應該很有錢……咦？你們以前不是好朋友嗎？」

「是啊……畢業後漸行漸遠了。」

「是喔，大學時代的好朋友差不多都這樣，但九十九以前和你在一起的時候看起來總是很開心。」

「是嗎？他那時候不也總是低著頭，小聲說話嗎？也從來不敢看別人的眼睛。」

「也許吧，但人不是有很多時候，即使外表看起來一樣，內心卻完全相反嗎？」

「是這樣嗎？」

「對啊。總之，他在大學的時候看起來很開心，你真是傻瓜。」

「啊？我是傻瓜嗎？」

「是啊，你是傻瓜，你和他同進同出，竟然連這件事都不知道。」

學長說完，笑著喝完了啤酒，然後高舉著喝空的啤酒杯，叫著：「好久不見！我要啤酒！啤酒！」搖搖晃晃地走向後方的餐桌。

電梯在摩天大樓內升向高樓層。

一男茫然地看著好像小型模型般的東京街道，突然想起之前忘得精光的這段對話。他的耳邊清晰地響起學長說他：「你眞是傻瓜」這句話。找不到落腳處的這句話在一男的心裡不停地打轉。

電梯來到相當高的樓層後停了下來，一男走出電梯，沿著昏暗的走廊來到右側盡頭，拿起走廊盡頭那道門旁的對講機。對講機的鈴聲響了幾次後，沒有人回答，就直接掛斷了，接著傳來門鎖打開的聲音。

一男緩緩打開門，看到了九十九。

清水模的寬敞樓層空無一物，九十九坐在房間中央的地上，看著電腦，喝著可樂，然後呼嚕呼嚕地吃泡麵。室內很暗，只有九十九的周圍被很高的檯燈照亮了。

原本可以站在大窗戶前俯瞰東京的街道，但窗前整齊排列著無數泡麵和可樂，形成了一道巨大的牆，擋住了陽光，看起來有點像安迪·沃荷的現代藝術。

「歡、歡迎啊，一男。」

九十九向茫然地站在那裡的一男打招呼。他的聲音、他的身影、像黑貓般的眼睛，都和十五年前一模一樣。一男回想起九十九在落語研究社狹小活動室內的樣子，那時候，他也經常用泡麵和可樂打發三餐。一男覺得好像一切都改變了，卻又什麼都沒改變。

「九十九，好久不見，你還是老樣子。」

「嗯、嗯。」

「你那麼有錢，可以吃很多美食啊。」

「我不想爲食物煩、煩惱，太累了，我不願去想這種事。」

「而且你一個人住在辦公室嗎？」

「以前大家都在這、這裡工作，現在解散之後，只剩下我一個人。搬家太麻煩了，所以就住在這裡。」

「……你的衣服全都是黑色的。」

「是啊，我買、買了一年份相同的衣服，用網、網購，所以不必擔心，穿了就丟，沒了就再買。」

「話說回來，你眞的變成了有錢人，可以住在這種地方，你還記得卓別林的話嗎？你以前曾經和我分享過。」

「人生需要的只是勇氣、想像力，和少許金錢。」

「沒錯沒錯，但你現在擁有的可不是少許金錢而已，你到底有多少錢？」

一男笑著問道，九十九啪答啪答地敲打著眼前的電腦鍵盤說：

「這一刻是一百五十七億六千七百五十二萬九千四百六十八圓。」

一男感到害怕。並不是因爲這個金額嚇到了他，而是九十九剛才看起來和大學時代沒什麼兩樣，但一談到金錢，就口齒清晰、流利，好像變了一個人。

大學時，九十九在表演落語時，好像完全變成了不同的人格。平時說話結結巴巴，一旦坐在高座上，就好像突然出現了另一種人格，說話清晰明瞭。社團的人都揶揄他是「化身博士」，但他經常偏著頭納悶：「我搞不懂大家爲什麼這麼說。」一男認爲這一定是模仿的關係，他幾乎每天聽落語名家的錄音帶，像他們一樣思考，用相同的方式觀察事物。九十九經常說，「學習就是模仿」，久而久之，他只有坐在高座上時，變成了「落語家」，此刻在他身上也發生了相同的情況。

一男猜想九十九在那次之後，就一直用有錢人的方式思考、行動，也因此獲得了龐大的資產，久而久之，他在金錢的問題上無所不知，最後他變成了「有錢人」，就像大學時成功地變成了「落語家」一樣，但這也同時代表九十九發生了決定性的改變。雖然九十九的外形和聲音都和以前一模一樣，卻完全變成了另一個人。

十五年前，一男和九十九的關係突然結束了。

畢業前夕，他們一起去摩洛哥的古都馬拉喀什旅行。在那裡發生了一起「事件」，九十九在金錢方面做出了人生決定性的選擇。十五年來，一男和九十九從來沒見過面。不要說見面，甚至沒有打電話或是用電子郵件聯絡，兩個人之間的關係徹底中斷。

「我會找到金錢和幸福之間的答案。」

那一天，九十九站在廣大的沙漠上，看著美得讓人流淚的朝陽說。

那時候，九十九決定未來的人生將生活在遠離一男的地方。

十五年來，一男始終把九十九在那天說的話藏在心靈最深處。

「九十九……你看清金錢的真面目了嗎？」

九十九露出緊張的表情。沉默片刻後，一男繼續問道：

「你可以告訴我金錢和幸福的答案嗎？」

「一男，你、你怎麼一開口就問這種問題？」

「……我有三千萬的債務，弟弟突然失蹤了，那是弟弟留下的債務。我打算無論用幾十年，都要努力工作償還這筆債務，但現在已經沒必要了。」

「為、為什麼？」

「我中了彩券，現在手上有三億圓。也許對你來說，只是微不足道的金額，但對我而言，是一大筆巨款，只是我現在不知道該怎麼辦。我上網查了一下，很多中獎的人都遭遇了不幸，銀行的人也一再警告我，大家都威脅說，金錢會帶來不幸。我雖然有這麼多錢，但目前陷入了混亂。」

九十九不發一語，用那雙黑貓般的眼睛注視著一男。一男望著他的眼睛繼續說道：

「所以我希望你告訴我使用金錢的方法，以及金錢和幸福的答案。」

「……好，你、你先坐吧，一男。」

一男在九十九對面的地上坐了下來。水泥地有點涼，讓一男有點不安。

「你喜、喜歡錢嗎？」

「當然喜歡啊，世界上沒有人討厭錢。」

「你想成爲有錢人嗎？」

「如果我說不想，那就是騙人的。」

「那我問你，你知道一萬圓紙鈔的大小嗎？」

一男對這個突如其來的問題感到有點慌亂，把福澤諭吉在腦袋裡橫放直放又旋轉。他想了一下，但還是想不到答案。

「九十九，對不起，我不知道。」

「長一百六十毫米，寬七十六毫米。」九十九回答後，再度問道：

「你知道一萬圓紙鈔的重量嗎？」

「……不知道。」

「一公克。順便告訴你，一圓也是一公克，一萬圓紙鈔和一圓硬幣的重量相同。」

九十九的口齒越來越清晰，而且說話速度也逐漸加快，就像當時表演「壽命無限」時一樣，如同解開了糾結在一起的毛線。

「五千圓紙鈔長一百五十六毫米，寬七十六毫米。一千圓紙鈔長一百五十毫米，寬七十六毫米。五百圓硬幣重七公克，一百圓硬幣重四點八公克。五十圓是四公克，十圓是四點五公克，五圓是三點七五公克。」

「九十九……你太厲害了。」

「一點都不厲害，只要查一下，馬上就知道了。即使不必調查，用尺量、用秤稍微秤一下重量，只要五分鐘就可以知道答案。一男，我必須告訴你一件事，那就是你根本不喜歡錢。因爲你會在意自己的體重、家人喜愛的食物和喜歡的女人的生日，卻完全不想瞭解每天都接觸的金錢大小和重量。如果你眞的有興趣，應該會想要知道有關金錢所有的一切，會仔細研究紙幣用什麼顏色印刷，上面畫了什麼，但是你至今爲止應該從來沒有研究過這種事，也不想瞭解，所以，你對錢根本沒有興趣。」

他說得對。我之前完全不曾想要瞭解錢幣本身，也沒有任何人告訴我，無論父母或學校，都沒有教我這些事。

九十九繼續說道：

「相反地，你一直把金錢視爲妖孽。錢會帶來不幸，有金錢買不到的幸福。你用這些藉口對金錢感到害怕、逃避金錢，所以，你對金錢的大小、重量一無所知。你排斥的東西當然不可能主動找上門，你之所以無法成爲有錢人，不是因爲你沒有才華，也不是缺少運氣，而是你沒有做任何成爲有錢人該做的事。」

九十九一口氣說完後，用力嘆了一口氣。他剛才可能太激動了，所以大口喝著可樂，呼嚕呼嚕地吃了幾口泡麵，又接著說：

「一男，你應該聽過福澤諭吉那句『天不在人上造人，亦不在人下造人』的話吧？」

「聽過啊，是不是《勸學篇》？」

「你是不是覺得那句話在說，『人人皆平等』之類的意思？」

「對啊，不是這樣嗎？」

「不是。」

「不是嗎？」

「你知道之後的文章內容嗎？」九十九一口氣背了起來，「然環顧廣大的人間世界，有智者，有愚者，有窮人，亦有富人；有人高貴，有人低賤，其差異如天壤之別，顯而易見。誠如《實語教》所言：『人不學則無智，無智者即愚人』，賢人與愚人之差，取決於學與不學。」

「……那是什麼意思？九十九。」

「也就是說，『身分的貴賤高低並非與生俱來，而是取決於有無學問。』我徹底學習了有關金錢的一切，因爲不願意成爲金錢的奴隸，所以我努力賺錢，就和落語一樣。對錢的事一無所知，卻想要成爲有錢人，成爲一萬圓紙鈔的那個人不可能接受這種事。」

「我知道了，我對錢的事太無知了。果眞如此的話，那我接下來該怎麼辦……我要怎麼處理那三億圓？」

一男問，九十九目不轉睛地看著一男說：

「……你有沒有調查過？」

「調查中彩券的人過著怎樣的人生嗎？我調查了，大家的下場都很悲慘，所以我陷入混亂，才會來找你。」

九十九深深地嘆了一口氣。

「你錯了。」

「我錯了？」

「你果然對錢一無所知，當然對彩券也一無所知，你所知道的，就是在網路上查到的一些廉價消息。太荒唐了。首先，你知道每年有幾個人中了超過一億圓的彩券嗎？」

一男想了一下，但還是無法想像，所以只能閉口不語。

「你別以爲自己有多特別。每年有五百個人中了超過一億圓的彩券，也就是說，光是這十年，就超過了五千人。有很多像你一樣的人，爲什麼你會覺得會有特別的事發生在自己身上？網路上那些不幸的故事，都是大多數沒有中獎的人因爲嫉妒而特地挑出來或是杜撰出來的。他們挑出一部分悲慘的例子添油加醋、大肆宣揚。一男，我再次重申，光是這十年，就有五千人中了彩券。你一點都不特別。」

每年有五百人和自己一樣，中了高額獎金。其中有一部分人和一男一樣，看著網路上寫的那些悲劇，害怕自己也即將成爲悲劇的主角。然而，大部分人都理所當然地領取了數億獎金，過著一如往常（或是比以前稍微富裕）的生活。

「一男，你根本不想知道只要稍微調查一下，就能夠知道的一些理所當然的規則。在金錢的世界，只有瞭解這些規則的人才能致富，不知道的人就一輩子都是窮光蛋。這和打撲克牌和下西洋棋一樣，有著對每個人都很公平的規則，只要瞭解這些規則，努力學習到能夠致勝，然後在行動之前充分思考，如此就可以決定勝敗。無論打牌或是下棋，贏的人只是該贏而贏；輸的人也是該輸而輸，道理完全一樣。」

規則對每個人都是公平的。

一男在心裡小聲重複這句話。

並沒有什麼特殊的規則，正因爲如此，眞正的有錢人即使一度失去了財富，仍然可以再賺回來。因爲他們瞭解「金錢的規則」，正因爲這是對所有人都很公平的規則，即使輸得一敗塗地，瞭解「致勝方法」的人仍然有很多機會可以贏回來。

「我差不多該回答你的問題了。」一男滿臉茫然，九十九繼續說道：「你知道國外的有錢人怎麼說日本人嗎？」

「怎麼說？」

「臨死是一輩子最有錢的時候。你中了三億，在進墳墓之前卻沒有看過一眼三億圓的現金，簡直太荒唐了。我大致能夠想像銀行的人會對你說什麼，但我認爲你應該馬上把全額現金領出來。到死之前都沒有看過三億圓，只有三億圓的數字寫在存摺上的人生，和能夠實際看到、摸到三億圓的人生，如果可以選擇，我絕對建議你選擇後者。」

翌日，一男像往常一樣去圖書館上班，晚上去麵包工廠揉麵團。凌晨回到家中餵馬克．祖克柏，然後看電視，小睡幾個小時，再度去圖書館上班。九十九告訴一男這個世界的規則，一男在瞭解這些規則後，得以帶著平靜的心情過日子，覺得自己也能夠好好面對即將到手的三億圓。於是，他覺得無論在圖書館工作，還是拚命揉麵團，或是餵貓吃飯，都有了「活著」的眞實感。

去圖書館上班、揉麵團、餵貓吃飯。在重複了五次這種固定生活節奏的星期五，接到了銀行的通知。中獎的彩券已經鑑定完成，獎金已經匯入帳戶。

這一天，一男提早離開了圖書館，去附近量販店買了最便宜的人造皮旅行袋後直奔銀行。然後提領了三億圓現金，塞進了旅行袋，帶回了麵包工廠旁的宿舍。

他無法忘記當他說「我要提領全額」時，分行經理和課長的表情。雖然他們用極其冷靜和客氣的語氣說：「我們會擔心你的安全」、「請你先冷靜思考一下」，但他們顯然慌了手腳。看著他們的樣子，一男開始感到不安，懷疑自己是不是犯下了重大的判斷錯誤，但一言既出，駟馬難追，只能看著他們把三億圓塞進旅行袋。

那一夜，一男無法入睡。無法想像住在斗室的自己和三億圓的現金存在於同一個空間，如果有人踹破那道薄薄的木板門，或是打破看起來就很窮酸的玻璃窗就完蛋了。一男發揮了所有的想像力，想像著自己的三億圓被人搶走的情況。鄰居或強盜，還有義大利黑手黨都來到一男的住家，想要搶走三億圓。每次幻想結束，他都忍不住從壁櫥內拿出旅行袋，把三百疊百萬圓大鈔排放在地上，看著這些錢，然後坐在、躺在上面，有時候也會和福澤諭吉聊上幾句。

這段期間，只有馬克·祖克柏一如往常地安穩睡在推到房間角落的被子裡。一男並不覺得奇怪，因爲對貓來說，只知道有一堆紙放在地上，既不是貓食，也不是牛奶，牠當然不可能興奮，更不可能緊張。祖克柏不時醒來，對著一男咪咪叫幾聲，好像在說：「這些紙根本不重要，你安靜一點好嗎？別擾我清夢。」

翌日星期天，一男帶上裝了三億圓的旅行袋，前往九十九所住的摩天大樓。如果一張一萬圓是一公克，三萬張就是三十公斤。想到「三億圓現金」，就覺得很可怕，但只要認爲是「三十公斤的行李」，心情就輕鬆多了。

「簡、簡直是絕景啊。」

九十九打開旅行袋時說道，然後抽出五疊百萬圓，撕開紙條說：「一、一萬圓的現金雨！」說完，把整疊鈔票撒向空中。一男的眼前出現了只有在老舊的電視劇中才會看到的景象。五百個福澤諭吉飄然而落，一男慌忙想要撿起來，九十九制止了他，當場打了好幾通電話。

從總店在銀座的高級壽司店的壽司師傅，到附侍酒師的香檳（香檳比侍酒師的出場費用貴很多）、酒店小姐、模特兒、寫眞偶像都紛紛上門，還來了不少知名歌手、相撲力士、DJ、變性藝人、歌舞伎演員。兩個小時後，熱鬧得簡直翻了天。

知名歌手隨著DJ的節奏，認眞地唱起成爲電影主題曲的甜美芭樂歌；相撲力士把香檳倒進模特兒的靴子裡，一口氣喝乾了；身穿泳裝的寫眞偶像走進壽司吧檯內，把壽司做成了飯糰；歌舞伎演員把飯糰一樣的壽司硬是塞進了侍酒師的嘴裡，一旁的酒店小姐見狀哈哈大笑。

九十九坐在遠處看著眼前的狂歡，用可樂兌著金色標籤上畫著黑色星星的酒瓶裡的香檳喝了起來，無所事事的一男坐在九十九身旁，小口喝著這款香檳。

「我問你，你現在爲什麼還住在這棟大樓？」變性藝人走了過來，問九十九，「這棟大樓感覺已經退流行了。」

「因爲簡單明瞭，」九十九喝著香檳可樂，口齒清晰地回答：「簡單明瞭很重要，因爲誰都知道，所以不需要說明。事實上，你們都很快就找到這裡了，所以我選擇這棟大樓。香檳就得喝這種黑星的，車子就要開奔馳標誌的紅色車子，簡單明瞭最重要。」

大學時代，九十九在談論落語時，他經常說：「簡單明瞭並不一定就是好。」這句話至今應該仍然是九十九內心的信念，只是現在的九十九說他「不想思考」。他對房子、食物和衣服都沒有興趣，也不執著，既然這樣，所以選擇了「簡單明瞭」。總之，除了金錢以外，他放棄了思考所有的事。

「你這個人眞沒品！」

變性藝人可能已經喝醉了，拍著手放聲大笑著。

九十九大聲反駁說：

「別說我沒品！人只對信用付錢，每個人都瞭解的『簡單明瞭』才有信用。信用卡的英文是credit card，你知道credit是什麼意思嗎？不知道？我勸你馬上去查字典。Credit就是信用，那並不是金錢的卡片，而是信用的卡片，金錢的實體就是信用。」

人類的欲望和快樂會在轉眼之間呑噬周圍的人，少許的理性和常識會立刻遭到驅逐。

一男在摩天大樓的高樓層大啖高級壽司，狂飲香檳，在美女的包圍下，在福澤諭吉的地毯上狂歡，漸漸覺得自己變成了錢。他突然想到自己站在麵包工廠的輸送帶前的身影。在拚命揉麵團之後，漸漸分不清自己和麵團的界限。如今，他也不知道自己變成了錢，還是錢變成了自己。有生以來第一次喝「黑星香檳」，他並不覺得好喝，卻爲他壯了膽。當他回過神，發現自己在打電話給妻子。

妻子在電話彼端不知道說著什麼，他斷斷續續聽到了「怎麼了？」、「你在幹嘛？」、「這麼晚了」、「你在想什麼啊」之類不滿的話語。他根本聽不進妻子說的話，大叫著淹沒了妻子的聲音。

「萬佐子，我有錢了！」一男更大聲地對著電話叫道，「啊？眞的啊！我每天像螞蟻一樣工作，老天有眼，所以可以收下這筆錢。妳廢話少說，叫圓華來聽電話！睡覺了？馬上去叫她起床！啊？知道了，我知道了啦，那妳轉告她，不管是腳踏車還是其他東西，我都買給她，再貴也沒有關係，她想要什麼，我統統買給她。不必擔心學費的問題，不管是不是私立，想讀哪裡就讀哪裡。還有，我會馬上還清債務，我會馬上把債務還清！」

有人打破了燈泡，房間內一片漆黑。

泡麵和可樂築起的牆倒塌，東京的夜景好像海嘯般從破洞撲了過來。在分不清是天堂還是地獄的景象中，一男被灌了很多酒，時而清醒，時而失去了意識。窗外閃爍的燈光照了進來，散在地上的高級壽司殘骸和打破的香檳瓶子發出微光。地上有一隻紅色高跟鞋、金色假髮和脫下的泳裝。

分不清是男是女的裸體身影踩著散落在地的萬圓大鈔地毯瘋狂搖擺。

一男巡視室內，發現有人獨自坐在角落眺望著夜景。是九十九。他的表情看起來很落寞，一男搖搖晃晃地走過去對他說：

「你應該經常這麼玩吧？」

「經常啊，但、但已經膩了。」

「你應該做過所有用錢能夠辦到的事吧？」

「我、我只是模、模仿有錢人的行動，用這種方式學習。」

「所以，你看清了錢的真相了嗎？有沒有找到金錢和幸福的答案？」

「快、快看清楚了，但每次快要看清楚時，又一下子從指間溜走了。但是……」

「但是？」

「我清楚知、知道一件事，人類的意志無法控制三、三件事。」

「哪三件？」

「死亡、戀愛，還有金錢。」

「是喔……」

「但、但是，只有金錢不一樣。」

「什麼意思？」

「總之，只有金錢不一樣。……至於其中的理由，下次告訴你。」

一男看向窗外，隔著崩塌的牆，看著閃著金光的高塔。看著在黑暗中閃亮的高塔，有一種置身夢境的感覺，一男躺在地上，閉上了眼睛。當一男陷入沉睡之際，九十九說的話留在一男的耳邊。

「一男，那座高塔……遠觀時比較美。」

翌日早晨，一男被刺眼的朝陽照醒了。

房間內已經整理乾淨，恢復了一男初次造訪時的樣子，只有一件事不同了。

九十九不見了。

也許一切都是夢，然而，這不可能是夢。九十九一定去買咖啡了。一男這麼告訴自己，繼續留在原地等待。

十分鐘。他靜靜地等待，但九十九並沒有回來。二十分鐘。他打電話給九十九，但電話轉到了語音信箱。三十分鐘。九十九還是沒有回來。四十分鐘。一男有了不祥的預感。五十分鐘。一男突然想到一件事，在房間內走來走去。

一個小時。

一男臉色蒼白地站在寬敞的房間中央。他上氣不接下氣，心臟劇烈跳動，好像有一股力量從內側擠壓鼓膜。他覺得胃好像被推了上來，一陣反胃，他直接吐在水泥地上，胃裡空無一物，像水一樣的嘔吐物弄髒了地板。

禍不單行。

裝了三億圓的旅行袋也和九十九一起消失了。

十和子的愛

兩個銀行搶匪成功搶劫到一大筆錢，逃進了雪山。

他們打算越過那座山逃去鄰國，但遇到了大雪。雪下得很大，幾乎看不到前方。兩個男人感受到生命危險，找到一個洞窟後衝了進去，但洞窟裡仍然很冷。身體越來越冷，兩個男人打開皮包，把記事本、書和地圖等皮包裡的東西都拿出來燒火取暖，但火勢無法持續，很快就滅了。他們接著燒鞋子、燒衣服，終於全都燒完了，只剩下一樣東西，那就是搶來的錢。兩個男人光著身體看著那些錢，看了很久，最後大叫著：「與其燒錢，還不如死了算了。」兩個男人抱在一起，就這樣凍死了。

以前看過的一本書上，有這樣的笑話。

在金錢的世界中，有無數類似的故事。從金錢誕生至今，就不斷考驗人類的理性和良心。

蘇格拉底曾經說：「在瞭解有錢人如何使用金錢之前，不得稱讚他。」

這句話千眞萬確。

金錢可以考驗人性，許多人都無法通過金錢的考驗。

一男也不例外。

九十九和三億圓一起消失了.

一男茫然地站在寬敞的房間中央。從高樓俯視的街景就像立體模型，失去了遠近的感覺，他似乎還需要一點時間才能接受這個現實。當遇到極其衝擊的事時，人不會尖聲驚叫，也不會暴跳如雷，只會茫然地愣在原地。

經過了完全沒有眞實感的數分鐘後，身體好像解凍般，慢慢動了起來。

一男所做的第一件事，就是找遍九十九的家裡。他向排在窗邊的泡麵和可樂後方張望，把手伸進牆邊衣架上整排黑色衣服內，都遍尋不著九十九和三億圓。他想到水泥地板和牆壁可能有隱形門，所以摸遍每一個角落，但當然不可能找到這種實境遊戲中才會出現的東西。他就像手機不見時，會一次又一次尋找一樣，在相同的地方找了兩三次，仍然不見九十九和三億圓的蹤影。他們徹底消失無蹤。

一男走在強風吹拂、兩旁都是高樓的街道上，打電話給妻子萬佐子。電話鈴聲響了八次、九次。萬佐子沒有接電話。他想起自己昨天曾經對著電話大叫：「我有錢了！」電話轉入語音信箱，寒風吹來，強烈的後悔也同時向他撲來。一男掛上電話，在路上奔跑起來，想要甩開羞愧和絕望。他想趕快離開這裡。

回到麵包工廠，用力關上宿舍門後鎖了起來。

昨天放了三億圓的房間感覺格外空蕩。

「喵嗚。」小貓馬克・祖克柏喵喵叫著，來到一男的腳下。牠似乎察覺到一男的絕望，溫暖的身體依偎在他身旁，似乎想要鼓勵他。

「祖克柏……你什麼都看得一清二楚。」

「喵嗚、喵嗚。」

「雖然你每次都假裝根本不理會我的心情。」

「喵嗚、喵嗚。」

「當我眞正難過的時候，你就會來陪我。」

「喵嗚。」

祖克柏一臉擔心地抬頭看著一男，喉嚨發出咕嚕咕嚕的聲音。

一男忍不住緊緊抱住小貓，哭著說：「怎麼辦？……你救救我。」祖克柏一臉很受不了的表情輕輕叫了一聲：「……嗯喵。」轉身離開了一男的腳下。牠翻臉比翻書還快，好像在說：「誰允許你這麼放肆！」祖克柏收起了剛才的溫柔聲音，壓低嗓子「嗯喵」了一聲，要求趕快給牠吃飯。

一男發現自己中了小貓的「糖果和鞭子」的計，很受打擊地把貓食倒進了貓碗。

但是，他不能只是沮喪而已。

無論如何都要找到九十九，把三億圓拿回來。一男在昨晚知道了彩券高額獎金中獎人的實際情況，同時瞭解只有冷靜掌握事實，才能避免悲劇的發生。一男打開電腦，打開搜尋的頁面，輸入了九十九的名字後點擊。隨著滑鼠答答答的聲音，螢幕上出現了九十九以前創立的那家網路公司的名字。他再度點擊，發現網頁上寫著那家公司去年遭到併購，之後就解散了。

一男又點擊了好幾個網頁，試圖尋找九十九的下落。他按照時間順序確認報告公司活動的網頁，突然看到一個漂亮的女人。那個女人看起來不到三十五歲，白皙的臉、一頭栗色長鬈髮，穿著合身的粗呢套裝，腳蹬黑色漆皮高跟鞋，從照片中也可以看出她是一個很有企圖心的人。他在網頁中繼續尋找她的身影，發現了九十九和她的合影。

那可能是某場派對的照片。九十九低著頭，那個女人緊緊靠在他身旁，露出甜美的微笑。女人名叫十和子。一男直覺地認為，她可能會提供尋找九十九下落的線索，但目前只知道她的名字，該如何找到她。一男聽著祖克柏喀哩喀哩吃貓食的聲音，茫然地看著在十和子身旁低著頭的九十九。

隔天之後，一男利用圖書館工作的空檔，從報章雜誌的報導中蒐集九十九的消息，其中有不少網站上根本找不到的重要資訊。他根據那些資訊，在落語研究社學長的協助下，從幾個認識九十九的人口中打聽到更詳細的消息。然後，他用網路和電話確認了新得到的關鍵字，終於在三天後查到了十和子家裡的電話。

這三天之中，一男得知，九十九創立的公司賣給了大型電信公司，獲利平分給當時創立公司時的三名股東，十和子就是其中之一。她是九十九的秘書兼公關，八卦版上有人說她是九十九的女友。

一男打電話給十和子，鈴聲還沒有響，當事人就接起了電話。一男告訴她，自己是九十九的朋友，九十九目前下落不明，自己正在找他。沒想到十和子既沒有拒絕，也沒有抵抗，在電話中說了自家的地址，「那就請你明天來我家」，然後掛上了電話。她動聽的聲音縈繞在一男的耳際。

一男換了幾班電車，一路往西。

在最靠近十和子家的車站下車後，又轉搭公車，前往十和子告訴他的地址。公車駛上兩旁歐式透天厝等間隔排列的坡道，又經過一片鬱鬱蔥蔥的樹林後，前方的小山丘上出現一片灰色的住宅區。那裡是大型國宅。一男下了公車，走在宛如俄羅斯方塊般的國宅之間，前往目的地的J（這片國宅的A棟到K棟都排列得井然有序）。每一棟國宅都很老舊，油漆剝落，磁磚也掉落了。一男難以把這片國宅和十和子連在一起，在網頁上那張照片中，十和子露出美麗笑容，看起來充滿對金錢和權力的欲求。然而，一男此刻正走向和這種感覺完全相反的住宅。

一男來到J棟，沿著樓梯上了五樓。

各個樓層的門前都放著三輪車或是網球拍之類的東西，但有三分之一的房子沒有住人。樓梯的欄杆生了鏽，原本應該是白色的水泥牆也都發黑了。

來到五樓，他按響了裝在油漆剝落的門中央的門鈴。「叮咚。」尖銳的門鈴聲後，傳來啪答啪答的腳步聲，門鎖打開了。嘎嘎嘎，門發出沉悶的金屬聲音打開了，十和子探出頭，正是在網頁上看到的那個漂亮女人，只是變成了一頭黑色直髮，穿著簡單的米色洋裝。雖然看起來都很有氣質，但她似乎刻意打扮得很樸素。這身打扮很適合這片國宅的感覺，只不過樸素的髮型和服裝反而更襯托出她的美貌。

「附近有一個公園，我們去那裡談。」十和子小聲地說。

「你是不是很驚訝？」

慢慢走向公園時，十和子問一男。

「老實說，的確感到驚訝。」

一男巡視著宛如俄羅斯方塊般的國宅房子回答。

「這裡是公務員宿舍，房租只要兩萬圓。」十和子靜靜地說：「我丈夫在距離這裡十分鐘車程的市公所上班。」

「原來是這樣……」

「你好像很意外。」

「不，沒這回事。」

「沒關係，我自己也很清楚。」

十和子說完，走進公園，在木製長椅上坐了下來。一男也坐在她身旁，打量著眼前的公園。

這個正方形的小公園四周都是國宅，雖然公園不大，但有鞦韆、體能攀爬架、滑梯和沙坑等公園的基本遊樂設施，國宅的房子和公園都按照規定建造。公園周圍的樹木上沒有樹葉，放眼望去，都是一片灰濛濛的世界。雖然是大白天，公園內卻靜悄悄的，不見小孩子和他們母親的身影。

一男覺得這裡看起來冷清，卻有一種熟悉的感覺，他茫然地看著無人的公園，覺得自己來到了遙遠的地方。

咚！背後突然傳來聲音，一男回頭一看，十和子不知道什麼時候走去了設置在公園入口的自動販賣機前，正在買飲料。

「很冷吧。」十和子雙手抱著兩罐飲料走了回來，輕輕笑著問道，「你想喝什麼？咖啡還是紅茶？」

「謝謝妳……」一男不禁爲見面之後，十和子第一次露出的笑容感到一絲心動，「那我喝咖啡。」

他從十和子手上接過罐裝咖啡後喝了一口，雙手捧著咖啡，手心感受著咖啡的熱量，有點發麻的感覺。

「我可以請教妳關於九十九的問題嗎？」

「請問啊，因爲你不就是爲此而來的嗎？」

「九十九帶著我的錢消失了，三億圓，那是我中彩券的錢。」
「……我不知道該說什麼。」十和子小聲地嘟噥。
「我和九十九是大學時代的好朋友，但畢業之後，我們整整十五年沒有見面，甚至沒有聯絡。但是，在我突然得到一筆巨款之後，九十九是我唯一可以請教的對象。我認爲他在和我沒有來往的十五年期間，都在和錢打交道，正因爲如此，他應該知道『金錢和幸福的答案』，引導我的人生走向正確的方向。最重要的是，我對手上突然有這麼大一筆錢感到害怕，只能向九十九求助。」
「我很想幫你……」十和子說，「只是很抱歉，你千里迢迢來找我，但我已經很久沒有和他見面了，也不知道他目前人在哪裡。」
「我也猜到了，但很感謝妳還願意見我，我很想和妳見一面。」
「即使我並不知道他的下落嗎？」

「對。我當然想找到九十九，把我的錢要回來，因爲有某種原因，我必須把錢要回來，只不過我至今仍然無法相信九十九偷了我的錢逃走了。因爲他腰纏萬貫，根本不需要偷我的錢，但他爲什麼這麼做？想到這裡，我發現了一件事，原來我根本不瞭解目前的九十九是怎樣的人，也不瞭解這十五年來，他發生了什麼事，他又是如何改變，還是完全沒有改變。我對他一無所知，如果不瞭解這些事，就無法找回三億圓，所以我決定來拜訪妳。」

「我的確瞭解他這十五年來的一部分，但並不知道他爲什麼會偷走你的錢。」

「也許吧，但我想多瞭解九十九，想要知道他努力尋找的關於金錢和幸福的答案。妳曾經在九十九身邊工作，也一起賺了大錢，我猜想妳應該知道這件事。」

一男一口氣說完後，拿起罐裝咖啡喝了起來。
公園內仍然很安靜，遠處傳來小孩子從幼稚園放學回家的吵鬧聲音。
十和子打開了一直握在手上的紅茶拉環，喝了一口，目不轉睛地看著打開的罐口，靜靜地開口說了起來。
「……好吧。在說九十九的事之前，首先要先說說我自己的情況。也許你覺得兩者沒有關係，但說了我自己的事之後，才能回答你想要知道的問題。雖然說來話長，你可能會覺得很無聊，我要說自己的故事也很痛苦，但是，我對他所做的事有間接的罪惡感，既然你已經找上門，我必須對和你之間的談話負起責任。」
「謝謝妳。」
「有一件事要先聲明。」
「什麼事？」

「我一直很討厭錢。」

「討厭？」

「你是不是難以相信？但我從小就討厭錢，甚至到了痛恨的程度。」

「爲什麼？」

「……我生長在貧困的單親家庭，從我懂事的時候開始，我媽就必須靠打好幾份工，獨自把我養大。我媽是遠近馳名的美女，雖然很窮，但很有倫理觀念，她經常告訴我，不可以爲錢而活，金錢會使人墮落。當我從皮夾裡拿出硬幣或紙幣玩耍時，她都會很生氣地罵我，說不可以碰那麼髒的東西！髒死了！馬上去洗手！對我媽來說，錢是髒東西，是必須避諱的東西。因爲我媽對金錢這麼嫌惡，我也漸漸覺得錢是髒東西。事實上，我家很窮，我因爲沒錢吃了不少苦，小時候我經常想，如果這個世界上沒有錢，就不必受這些苦了。我一次又一次夢想金錢從世界上消失，但是，隨著年齡的增長，金錢非但沒有消失，反而在我內心佔據了越來越重要的地位。」

十和子一口氣說完，雙手捧著罐裝茶，慢慢繼續喝著紅茶。

「雖然自己說有點不好意思，我的容貌得天獨厚，從高中開始，就有很多男生追求我。申請到獎學金上大學時，追求我的人數就更多了。大部分都是家境富裕的同學，或是事業成功的年長男性。我必然都和這些有經濟能力的男人談戀愛，他們想用金錢收買我的容貌和心。他們買昂貴的衣服和首飾給我，有時候甚至送我出國旅行。許多男人帶我出門，就像戴名牌錶、穿名牌鞋一樣。我也漸漸被金錢的魅力迷惑，只要憑自己的本能，說出自己想要的東西，就可以得到，這種生活成為我的日常，但無論得到多麼昂貴的東西，我都無法擺脫盤踞在內心的不安。雖然想要錢想得胸口發痛，但又同時對金錢厭惡得想要吐。有一次，我終於發現一件事。」

「發現了什麼？」一男問。

「我以後也會一直痛恨金錢。」

「爲什麼？」

「我猜想應該是我『太愛錢』了。」

十和子說到這裡，深深地嘆了一口氣，好像終於吐出了內心的黑暗，然後用淡茶色的眼睛看著一男。

「我每次談戀愛，就會愛對方愛得無法自拔。雖然我很少主動愛上別人，幾乎都是男人向我表白後開始交往，但隨著時間的流逝，我會越來越愛對方，愛得無法自拔，最後甚至無法瞭解對方眞正的心意，用激烈的態度逼迫對方或是哭鬧。於是，那些男人就會漸漸和我保持距離，最後導致分手。一旦失戀，我就會對那個男人深惡痛絕，從他的容貌到性格都完全否定。經歷多次類似的經驗後，我發現一件事，一定是因爲我太愛對方，所以才會討厭他。」

「十和子小姐，我想很多女人都應該有類似的經驗。」

「也許吧，但我和其他女人不同的是，我發現了一件事。」

「發現了一件事？」

「沒錯，我發現對我來說，男人和錢一樣。因爲我太愛錢，所以才會討厭錢，但越是討厭，就越無法逃離。」

「任何人都無法逃離金錢。」

「應該是，但我無論如何都不願意自己去賺錢，變成有錢人。和談戀愛一樣，在金錢的問題上，我也不願意主動。即使如此，我還是很想要錢，只有一個方法可以解決這種矛盾的狀況，那就是嫁給有錢人。也許你會認爲我很糟糕，但大部分女人眼中的錢應該並不是自己的錢，而是所愛的男人擁有的錢，只是女人並不一定要求對方是有錢人。不管是不是有錢人，女人都無法忽略自己所愛的男人有多少錢這件事。無論結婚或是生孩子，都必須在意對方的年收入和資產，所以如果有人問我，我是不是特別的女人，我認爲絕對不是。」

公園內仍然沒有其他人。

剛才從遠處傳來小孩子的聲音不知道什麼時候停了，取而代之的是拍棉被的聲音，和直升機在上空盤旋的聲音。有規律的聲音，十和子好像爲了跟上這些節奏，繼續說了下去：

「大學畢業後，我除了學會了和容貌相符的打扮和談吐舉止以外，還懂得如何裝可愛或清純討男人歡心，身邊的有錢人越來越多。我完全知道他們想要什麼，又不希望我做什麼。我曾經和幾個有錢人交往，也許應該說是和一個又一個有錢人交往。我想嫁給他們，甚至也曾經談婚論嫁，但最後都沒有踏上紅毯……」

「……為什麼？」

「一旦談到結婚，決定新居、婚禮時，我漸漸搞不清楚自己是愛那個男人，還是愛他的錢，每次都臨陣脫逃。雖然我發自內心渴求金錢，卻在追求金錢買不到的愛情。我痛恨這樣的自己。」

「之後，妳遇見了九十九。」

「沒錯，我就是在經歷多次這樣的戀愛後，遇到了九十九。第一次在創業家的懇親派對上遇見他時，他被一群穿著花俏西裝的男人包圍，每個人都主動找他說話。他是嶄露頭角、前途無量的年輕創業家，每個人都想和他聊天。周圍那些男人個個都自信滿滿，九十九卻駝著背，低著頭，不敢正視任何人，和其他人形成了明顯的對比。我直覺地認為『他和我很像』，我立刻主動找他說話，在和他一起工作之後，我們開始交往。」

十和子緩緩喝著罐裝紅茶，她的薄唇被茶水濡溼了，發出微光。一男忍不住看向她的嘴唇，發現她嘴唇的左下角有兩顆很小的痣。

「我們展開了平靜而幸福的生活。雖然工作非常忙，但九十九和他的合作夥伴有共同的理想，公司也不斷成長。我們經常利用工作的空檔約會，因爲沒有太多時間，我們只能在餐廳吃簡單的餐點，或是當天來回去泡溫泉，約會的內容都很簡單。雖然他總覺得很對不起我，但我覺得那樣就足夠了。沒想到他漸漸和其他男人一樣，開始送我昂貴的鞋子和皮包，他以爲我因此得到滿足，所以不再花時間陪我。久而久之，我和九十九的生活變成了與其他男人交往時相同的模式。我終於體會到，金錢還是比人強，就連九十九都會變成那樣。金錢會把人吞噬，吞噬人的個性、思想和所有的一切，把所有的人都平均化。」

「妳和九十九最後怎麼樣了？」

一男很想知道結局，忍不住問道。

十和子淡淡地繼續說了下去，好像沒聽到一男的問話。

「那個時候，有一家大型電信公司想要收購九十九的公司，九十九希望能夠以原來的方式繼續經營公司，但合作夥伴中有人因爲驚人的收購價格失去了理智。每個人都主張各自的正義，相互猜忌、衝突，最後以相互扯後腿的方式，決定要賣掉公司。有部分持股的我也因此得到了超過十億的現金。當時，我的腦海中浮現出自己至今爲止愛過、恨過的那些有錢男人，於是再度搞不清楚自己到底是愛九十九，還是愛他的錢。他發現了這樣的我，向我提出分手。」

「九十九說什麼？」

「光是回想，就會讓我痛苦不已……」

「對不起，那就不必勉強……」

「不，我要說下去。」十和子閉上了眼睛，「他對我說，我們在一起不會幸福。因爲只要無法在金錢問題上獲得完全的自由，永遠都會受到和愛同等巨大的憎惡支配，問題是我們再也不可能在金錢上得到自由。」

十和子的身體顫抖。

一男無言以對。現在不能說任何話。

十和子低著頭，閉著眼睛繼續說道：

「和九十九分手之後，我辭去了工作，回到老家，之後的一年多時間，都在家照顧出現失智症狀的媽媽。有一天，已經失智的媽媽突然對我說起了爸爸的事。媽媽告訴我，她和一個有錢男人的愛情故事，簡直讓我誤以爲是在說我的事。我媽愛上了經濟條件優渥的我爸爸，之後又分了手。我媽開始詛咒我爸爸和他的錢，所以從小教育我，希望我能夠走出一條和她不同的路，能夠討厭金錢、詛咒金錢。我媽告訴我這件事的幾天之後，獨自深夜離家，在街頭徘徊之後，死在郊區的一座公園內。那是一個下大雪的日子，我和警察找了她一整晚，都無法找到她。」

十和子的眼中含著淚水，可能覺得不能讓眼淚流下來。她靜靜地仰望天空。太陽漸漸沉落，天空被染成了橙色，飛機無聲地緩緩飛過。

「幾天之後，我在整理遺物時，發現了她的存摺。存摺上有應該是我爸爸匯錢給她的紀錄。每個月月底都匯入五十萬，總共匯了將近兩億的金額。存摺上連續好幾頁都整齊地排列著六位數字，但完全沒有任何提領紀錄。三十多年來，我媽從來沒有碰過這些錢。我不由得屏住了呼吸。我媽媽認爲只能用這種方法來保護我。在我成長的過程中，她從來沒有享受過任何奢華，沒日沒夜地工作，用自己賺來的錢養育我長大，努力保護我，避免我接觸到除此以外的髒錢。我不知道這種做法到底算不算是一種正義，只知道我媽媽只能用這種方式保護我，我卻差一點步上和我媽媽相同的命運。媽媽，對不起，對不起，對不起。我忍不住嗚咽，淚流不止，然後我決定要活出和我媽媽不一樣的人生。」

「不一樣的人生是？」

「幾個月後，我去婚友社登記，立刻有幾位男士和我接觸，都是年收入較高，外形也很出色的男士，但我都拒絕了，我自己挑選了想要相親的對象，然後遇到了我目前的丈夫。我丈夫相貌平凡，收入也不高，更沒有出色的學歷，也缺乏幽默感。但是，他有一項很了不起的才華，那就是他既不愛錢，也不恨錢。他生活在遠離金錢規則的世界，這成爲我最大的救贖。第一次見面時，我立刻發現了他的這項資質，半年後，我接受了他的求婚。我丈夫溫柔又誠懇，我這種卑鄙小人簡直太高攀他了。我從小到大，從來沒有生活得像現在這樣平靜安逸。」

英國的道德學家，也是著名的社會改革家塞繆爾．史邁爾斯曾經說過：「萬惡的根源並不在於金錢本身，而是對金錢的愛。」

十和子花費了漫長的歲月，終於擺脫了對金錢的愛，然後把握了幸福……一男無法得出這樣的結論，他忍不住向十和子確認：

「……眞的是這樣嗎？」

「什麼意思？」

十和子露出窺視的眼神，語帶顫抖地問，好像在害怕自己犯下了什麼罪行。

「妳眞的因爲妳先生得到了救贖，過著平靜安逸的生活嗎？」

「我聽不懂你這句話的意思。」

「……妳怎麼處理那些錢？」

「這……」

「就是妳母親留給妳的兩億圓，還有和九十九一起分到的十億圓。」

她陷入了沉默，差不多三分鐘左右，她一動也不動，好像凍結了。然後，她緩緩站起來說：「你跟我來。」她走回家的方向，來到J棟，沿著樓梯來到五樓，打開家門，走進家裡。裡面只有一房一廳，飯廳兼客廳的桌子上插了一束小花。

十和子帶著一男來到後方的臥室，那是三坪大的日式房間。十和子打開了房間內的壁櫥，裡面整齊地放著被子、吸塵器、衣物收納箱等生活用品。她小心翼翼地把這些東西拿出來後，輕輕拆下後方的木板。

大量整捆的百萬圓像壁紙般排在那裡。

「我丈夫並不知道這些錢的事。」十和子摸著紙鈔壁紙說道。她的手指纖細白皙，左手無名指上戴了一只暗銀色戒指。她的指甲修得很漂亮，搽上了顏色很美的指甲油，和樸素的服裝很不協調。

「每天我丈夫出門上班，我就會看著這些錢，觸摸它們加以確認，於是，我就會感到滿足，心情也會平靜。之後才開始打掃家裡、洗衣服、做菜，等待我丈夫下班回家。這就是我的平靜安逸，難以取代的幸福。在這十二億圓的壁紙守護下睡覺、起床和吃飯，和丈夫的共同生活是目前最大的幸福。我終於獲得了自由，不再愛或憎恨金錢和男人，我終於知道，這種自由才是我內心眞正的渴望。」

一男突然想起九十九那天的表情。

鮮紅的朝陽在摩洛哥沙漠升起。

九十九注視著朝陽，一男注視著九十九的臉。

「我會找到金錢和幸福的答案。」

當時，九十九這麼說，臉上的表情既有拋開一切獲得了自由的安逸，又同時夾雜著失去了一切的悲傷。

一男看著十和子此刻的表情，想起了九十九當時的臉，似乎能夠瞭解他們兩個人爲什麼相互吸引，最後又分開的原因。一男覺得自己體會了九十九在當時感受到的孤獨，不禁有點心痛。

「一男先生，我能告訴你的事都說完了，我不知道九十九爲什麼帶著你的錢消失，也不知道他目前人在哪裡，但和我一樣，拿到超過十億的另外兩個合作夥伴，或許知道他的下落，你想和他們見面嗎？」

「拜託妳了。」

「他們分別姓百瀨和千住。」十和子說著，看著手機，把他們的電話號碼抄在便條紙上後，交給了一男，「你要不要去找他們？他們可能知道九十九的下落，也可能知道他是怎樣的人。」

這時，樓梯上傳來腳步聲。

皮鞋的聲音就像節拍器般踩著正確的節奏漸漸靠近。

「我丈夫回來了，我讓他送你去車站。」

「沒問題嗎?他應該覺得我是奇怪的訪客。」

「我告訴他，住在國外的表哥今天會來看我，所以沒問題。」

「是這樣喔。」

「對，你認爲我會嫁給爲這種小事大驚小怪的男人嗎?」

十和子露出微笑，嘴唇左下方的兩顆小痣也跟著動了起來。

「我回來了。」十和子的丈夫打著招呼走進來，一看到一男，立刻滿臉笑容地說：「很高興見到你，聊得盡興嗎?」

「謝謝，不好意思，坐了這麼久。」一男目不轉睛地打量著十和子的丈夫。

他中等身材，不胖也不瘦，穿著毫無特徵的灰色西裝。這個在市公所上班的男人就像剛才去的那個公園一樣，是被平均化之後的產物。對金錢、文化和服裝都沒有任何執著，借用十和子的話來說，或許是在所有方面都得到自由的人。

「天快黑了，氣溫也降低了，我送你去車站。」

十和子的丈夫對一男說：

「不用不用，這樣太麻煩了，別擔心，我搭公車去車站。」

一男回答。

「如果我讓你自己去搭公車，我老婆會罵我。讓我送你去車站，十和子，對不對？」「對啊，一男哥，你不要客氣，就當作是計程車吧。」「十和子，妳也太過分了，竟然說我是計程車。」「對不起，對不起啦。」

十和子和她的丈夫聊著這些無足輕重的話，不時相視而笑，好像這是他們之間的約定。

天色已暗，氣溫也驟降。

三個人一起走去國宅停車場，街燈把他們的身影拉得很長，剛才還很興奮聊天的十和子與她的丈夫突然安靜下來，低著頭走路。

來到停車場，十和子的丈夫坐進了小轎車，稍微倒著車，把車子開出來。一男趁他倒車時問十和子。

「我可以最後再請教一個問題嗎？」

「請說。」

「妳愛過九十九嗎？」

十和子的表情變得很凝重，目不轉睛地看著丈夫車子的車尾燈。十和子的丈夫開車技術似乎不佳，打了幾次方向盤，試圖把車子從停車場開出來。每次踩煞車，車尾燈就閃爍著。一男順著十和子的目光，也注視著車尾燈的紅色燈光。十和子小聲地回答：

「我覺得曾經愛過九十九。現在回想起來，對我來說，無論當時愛的是他這個人，還是他的錢都無所謂。我曾經愛過他，的確曾經有過這樣的感情，有時候我感到後悔，當初只要『相信』這種感情就好。」

「……是嗎？」

「一男先生，我也可以最後請教你一個問題嗎？」

「請說。」

「如果你找到九十九，拿回了那筆錢，你要怎麼用那三億圓？」

「……我首先必須清償弟弟的債務，然後用這些錢修復因爲債務關係而崩潰的家庭，讓我太太、女兒重回我身邊。」

「只要有錢，就可以找回家人嗎？」

「我認爲有這種可能性。」

「我可不這麼認爲。」

「爲什麼？」

「因爲你追求的都是因爲金錢買不到，所以才想要的東西。」

十和子說完笑了笑。

那正是一男在網頁的照片中看過的美麗笑容。

一男坐在副駕駛座上，小轎車穿越了好像俄羅斯方塊般的國宅區，經過一片鬱鬱蔥蔥的樹林。不知道是否因爲避震系統不夠強的關係，每次路面顛簸，車子就會嘎答嘎答搖晃。一男茫然地看著被上下激烈晃動的車頭燈照亮的道路，身旁突然傳來說話的聲音。

「一男先生，你幾年沒見到十和子了？」

「呃，差不多十年吧。」

「是嗎？你覺得十和子怎麼樣？有沒有變很多？」

「不，她還是那麼漂亮。」

「那就太好了，如果嫁給我之後變醜了，就是我的責任。」

車子用力搖晃，十和子的丈夫說了聲：「對不起。」轉動著方向盤。

一男看到他左手戴的手錶，那個瑞士高級手錶戴在他手上很不相襯，而且錶面的玻璃破了。

十和子的丈夫察覺到一男的視線說：

「喔，你在看這個嗎？這是十和子送我的手錶，但不小心弄破了。她說要買新的，但我覺得太浪費了，而且既然是她送我的禮物，我也捨不得丟……但真的很不體面，不好意思。」

「不不不，你別在意。」

「眞的很不好意思。」

十和子的丈夫說完，苦笑了起來。

一男覺得他是一個善良的人。因爲擁有不受到任何事束縛的自由，所以可以在他身上感受到表裡如一的誠實，他發自內心地愛著十和子。一男突然有一種罪惡感。他不知道那件事沒問題嗎？

「我家也很破，眞的很丟臉。」

「沒這回事，我剛才覺得很自在。」

「因爲家裡很窮，所以讓十和子受苦了，但無論我什麼時候死，她都不會有問題。」

「沒這回事。」

「不……十和子不會有問題。」

車子穿越樹林，在號誌燈前停了下來。

十和子不會有問題。

這句話讓一男感到不太對勁。這句難以消化的話在寂靜的車內不停打轉，好像失去了方向。這時，一男突然想到，也許他知道壁櫥裡的東西。

「她剛才讓我看了壁櫥。」

一男小心翼翼地對他說。

「……壁櫥嗎？爲什麼要讓你看壁櫥？」

「十和子給我看了。」

「她還眞奇怪，竟然讓別人看這種地方，難道她想要炫耀自己打掃得很乾淨嗎？」十和子的丈夫說完，呵呵呵地乾笑起來。

這個笑聲是他對一男說的第一個謊。乾澀的笑聲一聽就知道他在說謊。

「你是不是知道？」一男問他。

「知道什麼？」

「十和子……在壁櫥裡放的東西。」

前方的號誌燈變成了綠色，十和子的丈夫慌忙踩下油門，小轎車用力向前衝，然後緩緩前進。

「不好意思……讓你操心了。」十和子的丈夫悲哀地笑了笑。

「是我太多嘴了……」一男垂下雙眼。

「說起來很丟臉，眞的，只有我什麼都不知道，就像小丑一樣。」

「沒這回事，她爲了你……」

「我知道。我當然知道她想要守護什麼，她以爲我什麼都不知道，其實我知道她過去的經歷，也大致能夠猜到那些錢的事。」

「既然你知道那麼多，爲什麼不乾脆問她？十和子也許在等待這一天。」

「也許是吧。只是在十和子主動告訴我之前，我並不打算提那些錢的事。雖然我腦袋不夠聰明，但知道十和子爲什麼會選擇我，我比任何人更愛她，所以努力讓自己比任何人更瞭解她。對我來說，不管有沒有那些錢，都不會改變任何事，但對她來說就不一樣了。」

「不一樣嗎？」

「對，我猜想不一樣。如果她發現我知道那些錢，她恐怕會無法承受。她終於在金錢的問題上獲得了自由，如果這樣能夠讓她心情平靜，我會繼續假裝不知道。」

「你認爲十和子這樣幸福嗎？」

「我不知道這對她來說是不是幸福，但至少我知道，」十和子的丈夫深深吐了一口氣，「這是我唯一能夠愛她的方式。」

車上的廣播傳來DJ預告保羅．麥卡尼將來日本表演的消息，DJ大叫著：「如果不去聽這場音樂會，就失去了活著的意義。」然後開始播放披頭四的歌曲。

「Can't buy me love!」保羅．麥卡尼大叫著。

Tell me that you want the kind of things
That money just can't buy
I don't care too much for money
Money can't buy me love
Buy me love

金錢買不到愛情，
每個人都如此深信，

每個人都想要相信，

但眞的如此嗎？

錢可以買到愛情，也可以買到人心，

正因爲如此，我們努力尋找金錢買不到的愛和心。

發出微光的車站大樓出現在擋風玻璃前方。

「車站快到了。」

一男說，十和子的丈夫踩著油門，小轎車嘎答嘎答地搖晃起來，淹沒了保羅．麥卡尼的歌聲。

黑暗中看不到任何東西，看不到房子，也看不到人，只有車站大樓亮如白晝。

一男看著車站的燈光，想起了十和子修得很美的指甲。

百瀨的賭博

賽馬在奔跑。

毛色油亮的身體在漂亮的綠色草皮上閃著光，十六頭賽馬爭先恐後地衝向最後一個彎道。

腳下搖動。宛如地鳴般的歡聲籠罩了整個賽馬場，騎手揮鞭策馬。賽馬身上的肌肉線條浮現，加快了奔跑的速度。噠噠噠噠噠、噠噠噠噠噠，即使在遠處，也可以聽到牠們的奔騰聲。青草四濺，泥土四濺，一匹、兩匹漸漸脫隊。原本擠成一團的賽馬好像橡皮般橫向拉長。

前方那群馬匹中，四號馬一馬當先，七號馬在後方緊追不捨。四號和七號你追我趕地衝向終點，騎手不停地鞭策。就在這時，十二號馬以猛烈的攻勢從後方逼近，一口氣超越了前方的這兩匹馬，像子彈般衝向終點。四號和七號在零點幾秒之後，也衝進了終點。

嗚噢噢噢噢噢噢。嗚噢噢噢噢噢。

歡聲變成了怒吼。看台上下起了馬票雨。宣洩欲望的叫聲、吼聲、罵聲，這些聲音聚集在一起，猶如怪獸的咆哮般響徹周圍。

「中了賠率超過一百倍的萬馬券！」百瀨大叫著，抓住一男的肩膀，「你是億萬富翁！」

不知道是否太激動了，他的嘴角接連吐出白色的泡泡。

一男幾乎聽不到百瀨說話的聲音，他的聲音好像隔了幾道濾網般聽不太清楚，視野也變得模糊不清，好像蒙上了乳白色的膜。

三千萬債務。中了三億彩券。現金在一夜之間消失。

如今又再度成爲億萬富翁。

我的人生到底怎麼回事？

一男恍若置身夢境，聽著響徹賽馬場的怪獸咆哮聲。

「啊？什麼？你在找九十九？」

電話中傳來百瀨粗獷的聲音，他的聲音很沙啞，好像頭髮卡在喉嚨裡。從他的聲音就知道他心情煩躁。

「……對，我想請教一下，不知道你是否知道他的下落。」

一男壓低聲音靜靜地回答。

「不知道不知道，那就這樣囉。」

「請等一下！可不可以請你告訴我關於九十九的事？任何事都沒有關係，也許可以成爲線索，因爲我有苦衷……」

一男從十和子那裡得知了百瀨的電話後，隔天立刻打了好幾次，但每次都轉入了語音信箱。第二天、第三天也都是語音信箱。

第四天，當一男開始懷疑這個電話號碼是否有問題時，百瀨終於接了電話。

一男告訴百瀨，自己是九十九大學時代的好友，雖然十五年來從不聯絡，但在自己中了彩券之後，又終於見了面。見面之後，九十九帶著他的三億圓失蹤了，他目前正在尋找九十九的下落，在這個過程中與十和子見了面，得知了百瀨的電話號碼，聽十和子說，百瀨可能知道些什麼。

「我不知道，雖然聽起來很麻煩，但我可以見你，那就星期天吧。」百瀨說完，指定了見面的地點，快速交代了一句：「記得穿西裝、穿西裝」，就匆匆掛上了電話。百瀨指定的見面地點是東京郊區的賽馬場。

星期天，一男轉了好幾班電車，花了一個小時左右，終於來到賽馬場。

他按照百瀨的指示，向入口穿黑西裝的男人說明來意，男人帶著一男走進賽馬場，從後方的通道搭電梯來到五樓，戴上了男人遞給他的「馬主貴賓室」的徽章，走在胭脂色的地毯上。男人走過馬主專用的餐廳和酒吧，繼續往裡面走。

來到最後方的區域，黑西裝男人打開了門，裡面是玻璃帷幕的圓屋頂空間，在陽光的照射下，室內十分明亮。這裡可以看到整個賽馬場，玻璃帷幕外是像用顏料畫出來的鮮豔綠色草皮。這裡是馬主中少數特別的人才能進入的超級貴賓室。這裡的人數比剛才貴賓室少了很多，出入賽馬場資歷很深的年邁男人、穿著時髦西裝的年輕企業家喝著香檳，吃著水果，談笑風生，還有幾個看起來像是和他們同行的美女。一男被帶去超級貴賓室深處的包廂。

黑西裝男人靜靜地打開門，裡面有幾張圓桌和沙發，玻璃門外是一個大陽台，剛好可以在正中央的位置俯視賽馬場。一男覺得自己好像搖身一變，躋身於貴族行列。

房間正中央有一名光頭壯漢，他獨自癱坐在沙發上，對著電視螢幕上奔跑的馬嘀嘀咕咕地說著什麼。外面的賽馬場正在進行比賽，他卻目不轉睛地看著實況轉播電視的樣子很奇怪。

「這就對了……這就對了……堅持下去。」

他穿著水藍色雙排釦西裝，繫了一條金色的領帶。脖子上有一條很粗的金項鍊，手腕上掛著沉甸甸的金錶。一男被眼前這個應該是百瀨的男人可怕的外貌嚇到了，但如果不向他打聽，就無法得知九十九的下落，也無法找回三億圓。

「請問是……百瀨先生吧？」

「等一下！這就對了……堅持下去……」

螢幕中的賽馬爭先恐後地衝向最後的彎道。

「這就對了！這就對了！這就對了！」

百瀨站了起來，緊緊抓著電視的角落，對著螢幕大叫著。

「啊嘎！啊嘎嘎啊啊啊啊啊！！」

百瀨尖叫著，賽馬接二連三地衝進終點。百瀨發出「啊嘎啊嘎」的奇怪聲音，無力地癱坐在沙發上，一動也不動，簡直就像遭到槍殺的熊。可怕的熊雖然已經死了，卻讓人不敢靠近。就這樣過了幾分鐘。

「……你怎麼了？」

一男終於無法忍受眼前的沉默，戰戰兢兢地問。

「啊啊……完蛋了……這下又完蛋了。」

百瀨抱著頭嘟噥道。

「你輸了嗎？」

「不……不是……」

「啊？」

「我竟然又贏了……」百瀨抬起頭，瞇起眼睛注視著一男說：「又是賠率超過一百倍的萬馬券。」

「啊！你贏了多少錢？」

「……一億。」

「一億！？」

「對，一億圓！這下完蛋了！贏了這麼多錢……我、我、我的人生會完蛋！」

百瀨抱著頭哭喊著。這個男人賽馬贏了一億圓，卻大喊著人生會完蛋。一男覺得眼前的狀況才是瘋狂。但是，他從債務纏身突然變成了億萬富翁，如今又失去了所有的金錢後，頗能瞭解這種感覺。貧窮使人瘋狂，同樣地，過度的財富也會讓人瘋狂。

「百瀨先生……」

「完蛋了……完蛋了……」

「這……」

「完了完了完了……怎麼可能嘛！」百瀨露齒一笑，有點髒的金牙發出暗光。

「你是傻瓜嗎？世界上哪有人贏了一億圓會傷心的！」

他露出目空一切的眼神，語氣中充滿嘲笑。百瀨渾身散發出有錢人特有的目中無人，但是，一男沒有時間整理對他的複雜感情。

一男深深地鞠了一躬說：

「……感謝你今天願意撥冗和我見面。」

「是啊，你要好好感謝。九十九的朋友，你找我到底有什麼事？」

「我在電話中也已經說了，九十九帶著我中彩券的錢失蹤了，但我完全不知道他的下落，所以想多瞭解他，即使是他以前的事也沒有關係，可以請你告訴我嗎？」

「多少？」

「啊？你是問什麼？」

「你的錢啊，九十九帶走了多少你的錢？」

「……三億圓。」

「三億？我不知道，我不知道你的這點小錢！」

百瀨說完，彎腰撿起掉在桌子底下的一圓硬幣，放進了口袋，然後繼續大聲地說：「我不知道你的這點小錢的事！」

美國的富豪約翰．洛克菲勒曾經說：「你不珍惜十美分，所以只能一輩子當門僮。」道盡了「小錢」的重要性，但百瀨撿起一圓的身影只讓人感到貪婪。

「和你說話，你會給我錢嗎？我可以得到什麼好處嗎？」

「對不起……說起來很丟臉，我沒有任何東西可以給你。」

一男用幾乎快聽不到的聲音說。

並不是百瀨太過分，這個世界不可能圍著我轉，就只是如此而已。一男這麼告訴自己，看著自己的雙腳。滿是灰塵的廉價皮鞋在柔軟的胭脂色地毯上不知所措。

「對不起，對你提出了任性的要求。因爲九十九失蹤，我的三億圓也不見了，老實說，我不知道該如何是好。我欠了債，也有家人要養，所以必須找到九十九，把我的三億圓拿回來。」

百瀨突然用力抓住了一男的肩膀，一臉溫柔的表情看著一男，難以想像他前一刻還露出可怕的表情。他眼中泛著淚光，用顫抖的聲音說：

「你一定很痛苦……我瞭解。因爲三億圓從天而降，又憑空消失了，你當然會陷入混亂，我很同情你。對不起，剛才對你說了一些無聊的玩笑話，請你見諒。雖然不能說是作爲補償，但你有話儘管問，我會知無不言，言無不盡。」

一男看著百瀨說話時，用像熊一樣的手擦著眼淚，忍不住想道，這人是九十九的朋友，自己可能受到表面印象的影響而誤會了他，所以無法相信他。一男不由得在內心對他感到抱歉。

「百瀨先生……謝謝你。」

一男深深地鞠了一躬，百瀨制止了他，用溫柔的聲音繼續說道：

「我也正打算從金錢遊戲中收手。最近我終於發現，這個世界上有很多無法用金錢買到的東西，也就是所謂無價的東西。像是難以忘記的回憶、重要的友情、家人無可取代的愛，諸如此類。有多少這種無法用金錢買到的幸福，決定了人生有多豐富，對不對？」

「是啊……我也有同感。」

百瀨用好像菩薩般的溫柔雙眼注視著一男，終於放開了一直抓住他肩膀的手說：

「什麼無價的東西……太可笑了！傻瓜，怎麼可能有這種東西！這個世界上，有錢能使鬼推磨！你竟然還對這種讓人反胃的話點頭稱是，真是太噁心了！」

百瀨說完，用沙啞的聲音放聲大笑起來。他的笑聲在貴賓室內迴響。百瀨的笑容似乎在說，沒有比這個更好玩的遊戲了。一男看著他的笑容想：「這是在浪費時間。」他深信即使和這個男人說再多，也無法得到任何關於九十九的線索。

「那、我告辭了。」一男轉過身，走向出口。

他不想繼續留在這種讓人心情惡劣的地方，他想要趕快離開這裡。

百瀨對著他的背影問：

「你爲什麼來這裡？」

百瀨的聲音很平靜。

「因爲……我必須找到九十九。」

一男背對著百瀨回答。

「並不是這樣。」

「不是這樣？」

「你是來看我的，是來看家貲萬貫的男人過著怎樣的人生。」

「……也許吧。」一男轉過頭，注視著百瀨的臉說：「因爲……我想知道金錢和幸福的答案。」

「金錢和幸福的答案？」

「沒錯。十五年前，九十九說，他會找到答案，然後就離開了我。我們久別重逢後，他沒有告訴我這個答案，反而帶著我的三億圓消失了。我還沒有從他口中得知答案，原本以爲今天和你見面，或許可以找到這個答案。」

百瀨坐在沙發上，垂下了眼睛，一動也不動，不知道在想什麼。不知道爲什麼，他的身影看起來有點悲傷。

「謝謝你今天撥冗見我。」

一男對低著頭的百瀨鞠了一躬後，打開了門。

「等一下。」百瀨抬頭叫住了他。

「什麼事？」

「要不要來賭一把？只要你願意陪我賭一把，我就把九十九的事告訴你。你既然已經來到這裡，那就測試一下你的金錢運。」

百瀨的賭博。百瀨對一男提出了意想不到的要求。

美國地產大亨唐納・川普曾經說：「動機並不是錢，眞正有趣的是遊戲。」

同樣地，百瀨一定也是在玩遊戲，他想和我玩遊戲。對他來說，一切都是遊戲、都是賭博。我才不想再度受騙，再度被嘲笑。然而，一男並沒有其他的選擇，他需要百瀨提供線索，才能找到九十九。即使對百瀨而言，這只是遊戲，一男也只能接受這場賭博的挑戰。

「……好，那我願意，只賭一次。」

一男靜靜地點頭。

「那好，心動不如馬上行動。」

百瀨從沙發上站了起來，坐在圓桌旁的椅子上。他看著桌上的賽馬報，喀答喀答敲起了筆電。然後又看著筆電的螢幕，用紅筆在賽馬報上做筆記，接著再度看著電視螢幕上的馬匹檢閱場，再度敲著筆電。他重複了三次這些步驟，用鉛筆拿起桌上那一疊投注單勾選起來。一男有點不知所措，但也有樣學樣的攤開賽馬報，拿起了紅筆。

◎○▲△╳。不同的記者分別預測了十六匹馬的勝敗，下方用比米粒還小的文字介紹了各匹馬在最近數場比賽中的成績。一男完全不知道該怎麼辦。

「你第一次嗎？」

「是啊。」

「那這樣吧，你和我買一樣的。你有多少錢可以玩？」

「我皮夾裡有一萬圓……」

「不行不行，這麼點錢玩什麼啊。我借給你，你跟我來。」

百瀨說完，大步走出貴賓室，然後走向對面的貴賓專用馬券售票口，遞上剛才的萬馬券說：「大嬸，我要換錢。」

怎麼可能馬上領到一億圓現金？一男想起之前在銀行發生的事，從彩券的鑑定到討論中獎之後的金錢使用，他和銀行行員之間足足談了一個小時，而且也無法當場領到現金。

但是，五分鐘後，馬券售票口內堆滿了一疊疊百萬圓。在賽馬場的貴賓室，拿現金就像拿抽獎的面紙一樣簡單。一男覺得意識離開了自己。之前在銀行耗掉的那些時間到底是怎麼回事？這時，一男終於知道，就像人會挑選人一樣，金錢也會挑選人。在這個世界上，有的地方可以用一張不到十公分見方的小馬票，在五分鐘後換取一億現金。

幾分鐘後，一億圓現金並沒有收進金庫，也沒有放進公事包，而是丟進了印了賽馬場名字的普通紙袋。紙鈔塞滿了兩個紙袋，當場交給了百瀨。

百瀨雙手拎著鼓鼓的紙袋，說了一句：「來亮相一下。」然後把紙袋一倒，一疊疊紙鈔掉落下來，攤在桌上，轉眼之間，桌子就被愁眉不展的福澤諭吉佔領了。

「這是我剛才贏的一億，這些是好運諭吉，我從裡面拿一百萬借給你。」百瀨拿了一疊一百萬，交給一男。

「我不能向你借這麼多錢，而且我不可能靠賽馬贏錢。」

「這可是一輩子只有一次以小搏大的好機會，我正在走好運，這些諭吉也都有好運，而且我並不是叫你自己決定買什麼馬票，你只要按照我說的去買就好。只要把一百萬交給那個穿黑衣服的小弟，他就會去幫你買馬票。」

「請等一下，馬上嗎？」

「對啊，現在不買，更待何時？下一場比賽，十二號和四號都穩贏，現在只是在煩惱到底要買七號還是九號。嗯……最後讓你來選。」

「啊？」

「七號還是九號？你趕快決定。」

一男覺得自己根本無法做出決定。一百萬的賭局。三連單的最後一匹馬，賠率都超過一百倍，一旦中獎，獎金超過一億圓。自己怎麼可能中？

「這也是一種賭博。」百瀨看到一男陷入煩惱，笑著說：「中了三億圓彩券的男人，要把最後的運氣用在這上面。」

沒錯。自己曾經中了三億圓的彩券。

他想到了「億男」這個字眼。

自己失去了好不容易到手的運氣，必須在這裡重新找回來。

「……那就請買七號！」

他在回答之後，感受到極度恐懼，覺得自己犯下了無可挽回的錯誤，「等一下！」這句話從內心深處擠了上來，他正想要把這句話擠出口，百瀨搶先對著黑西裝的男人說：

「十二號和四號，還有七號三連單！我和他各一百萬！」

十分鐘後。

十二號、四號和七號馬在他們面前衝進了終點。

這一切簡直就像在做夢。這個世界的所有一切都緩慢而模糊地出現在眼前。

「你是億萬富翁！」百瀨大叫著摟住了一男的肩膀。

世界在剎那之間聚焦，變成了現實。聲音變得清晰。當一男回過神，發現自己注視著電視，渾身顫抖。膝蓋以上好像不是自己的。他雙腳無法用力，好不容易才能站在地上。

百瀨興奮地說：「你別再去想向九十九拿回他偷走的三億圓這件事

了，只要把這一億圓翻成三倍就好，這樣就可以扯平了。你現在正在走好運，你有運氣，也還有我，我們兩個人天下無敵！」

「但突然有一億圓……我太混亂了，不知道該怎麼謝你……」

「是你自己靠賭博贏來的錢，就大大方方收下啊，而且還沒結束，還差兩億圓，接下來才是一場硬仗。」

「是啊，但我不認爲可以連戰連勝。」

「你眞的是傻瓜，難道你以爲我是憑直覺買馬票嗎？」

「難道不是嗎？」

「當然不是啊！憑直覺怎麼可能贏？」

「那你是憑什麼？」

「計算。」

「計算？賽馬不是幾乎都靠偶然嗎？」

「你真的什麼都不懂，賭博和在賭博中獲勝根本是兩回事，不只是買馬票而已，而是要買會贏的馬票。期待偶然，怎麼可能贏？大部分賭博不經過計算都會輸錢，所以要蒐集數據後計算，然後再思考，就能夠大大提升勝率。」

百瀨一口氣說完後，走到陽台上，看著聚集在樓下看台上的人說：

「但這些笨蛋只知道『賭博』，根本沒有想過要『贏賭博』，他們完全停止了思考。賭博需要的不是勇氣和膽量，而是計算。」

一男驚訝不已。這個粗野無禮的男人竟然連續說了好幾次「計算」這個字眼。百瀨似乎看穿了他的想法，繼續說道：

「你是不是沒意識到我經過這麼精密的計算？我沒騙你。當初和九十九一起創業時，九十九想到的點子，都是由我靠計算加以落實，所以那家公司才會壯大到那種程度，我們真的是很好的搭檔。我這個天才，可以明確告訴你一件事。」

「什麼事？」

「最後的比賽最穩當。」

「穩當？」

「沒錯，非常穩定，那是包贏不輸的比賽。只要照我說的去買，絕對不可能輸。」

「你爲什麼這麼有把握？」

「因爲下一場比賽有我的馬，我的馬在這個賽場的成績很不錯，但我故意讓牠參加下一個等級的比賽，就是爲了確實能夠贏這場比賽。我的馬賠率是三倍，雖然賠率不高，但即使買單勝，只要投入一億圓，就可以一口氣翻到三億圓。雖然這種事絕對不能告訴別人，因爲你是九十九的朋友，所以特別告訴你。最後一場比賽是你這輩子最大的比賽，你要贏得這場比賽，靠自己的能力，把三億圓贏回來。」

顫抖再度回到他身上。

不可能這麼順利。現在已經贏了一億，不可能繼續贏下去，必須見好就收。一男的理性吶喊著，但與此同時，腹底深處難以控制的燥熱像嘔吐般湧了上來。

必須賭一次。還有機會贏。這才是這輩子最大的比賽。

一口氣贏三億圓，然後一切都扯平了。

腹底深處的燥熱大叫著。人們稱這股燥熱爲「欲望」。

「好，那我就賭一億。」

一男爲「欲望」下了賭注。並不是屈服於欲望，而是決定賭一賭，他想要相信內心深處湧起的那股燥熱的力量。

「對嘛！就該這麼做！」

百瀨用力抓著一男的肩膀笑了笑，對著黑西裝的男人喊了一聲：

「喂！幫我買馬票，十三號單勝！我們各買一億！」

「既然下了這麼大的賭注，那就去最熱鬧的地方看這場比賽。」一男跟著百瀨走出了貴賓室。

一男看著百瀨快步走在胭脂色地毯上的巨大鞋子，跟在他的身後，走進電梯，靠在電梯牆上仰著頭。我下了一億圓的賭注，卻完全沒有真實感。意識斷斷續續，自己好像打水漂的小石，在水面上跳躍移動。

「窮人的世界有窮人世界的優點。」百瀨說完，帶著一男走去一般的觀眾聚集的餐飲區，「在重要比賽之前，要先填飽肚子。」他點了最便宜的清湯蕎麥麵，只要兩百五十圓。

炒麵　四百五十圓。章魚燒　四百圓。咖哩　四百圓。拉麵　五百圓。

亮閃閃的牌子上寫著食物名稱和價格。

購買這些食物需要的金錢，和一男剛才下賭注的金錢是相同的東西，但無論一男再怎麼整理思緒，都無法認爲是相同的東西。

一男買了章魚燒，隔著塑膠盒，手心可以感受到熱騰騰的章魚燒，但他完全沒有食慾。雖然因爲極度緊張，滿嘴都是唾液，但胃似乎拒絕工作。自己前一刻下了二十五萬盒章魚燒的賭注。想到這裡，腦海中立刻浮現自己被章魚燒淹死的蠢樣。

在人滿爲患的餐飲區，百瀨呼嚕呼嚕地吃著蕎麥麵，一男坐在他旁邊，把章魚燒塞進嘴裡，卻好像在嚼橡皮，也完全感受不到任何味道。他食不知味，好像五感全都失去了功能。他巡視周圍，許多雙眼發亮的男人把賽馬報鋪在地上，直接坐在報紙上，目不轉睛地看著電視上實況轉播的檢閱場情況。也有人把自備的折疊椅放在螢幕前大聲交談著。每個人都把為數不多的錢當作賭注，當內心沉睡的「欲望」張牙舞爪地醒來時，只能受其擺布。

「喂，我問你，」百瀨咀嚼著蕎麥麵，對一男說話：「你知不知道錢有兩種？」

「不，我不知道，哪兩種？請你告訴我。」

一男勉強把像橡皮一樣的章魚燒吞下喉嚨後回答。

「不可以告訴別人喔。」

「好，我不會告訴別人。」

「那就是進來的錢，和出去的錢。」

「那不是理所當然的事嗎？」

「沒錯，就是理所當然，但像你一樣的窮人覺得進來的錢和出去的錢是不同的東西，所以會毫無目的地存錢，結果有一天突然出手闊綽地花錢。金錢要有進有出，才具有意義，但大家都沒有意識到這件事。無論是你還是那個拿著賽馬報的大叔，都沒搞清楚這麼理所當然的事，應該說，你們根本沒想要瞭解，這種人，一輩子都不可能成爲有錢人。」

百瀨把剩下的蕎麥麵一口氣吃進嘴裡，發出刺耳的聲音，茶色的湯汁在白色桌面上四濺。

「但是，有一個方法可以讓你和那裡的大叔輕輕鬆鬆地變成有錢人，你想不想知道？」

「請你務必要告訴我。」

「不可以告訴別人喔。」

「我不會告訴別人。」

「方法很簡單，那就是別用錢，把錢都存起來。」

「這不是理所當然的事嗎？」

「沒錯啊，但是像你那樣的窮人，明明很窮，看到路上掉了一圓硬幣，也不願意彎腰去撿。我看到錢就撿，剛才我撿一圓的時候，你不是露出鄙夷的眼神看著我嗎？但是，嘲笑一圓的人，就會因爲一圓而流淚，這句話千眞萬確。賽馬會在數秒之間決定勝負，我們都很清楚，有時候區區一圓就決定了勝負。只要不用錢，把錢存起來，終有一天，會等到重大的比賽，到時候，絕對是多一圓的資金更好啊，所以，即使是一圓硬幣，也要撿起來，以備不時之需。」

百瀨滔滔不絕地說完後，一口氣喝完了麵碗中剩下的湯汁。

「這個世界上，理所當然的事容易引起注意，也被認爲是正確的事。但是，想要致勝，就需要發現這些理所當然的事，然後理所當然地做這些理所當然的事，只要能夠做到這一點，幾乎可以百戰百勝，但其實這是最難做到的。在這個賽馬場內走來走去的人，沒有人知道這一點，大家都被自己的欲望和恐懼困住了，看不到理所當然的事，正因爲這樣，在賭博時，也重視理所當然的事的人才能夠贏。」

賽馬場上傳來了比賽開始的號角聲。

餐飲區的男人就像是被追趕的山羊般走向看台。

「時間差不多了，這可是一輩子的重大比賽，就和大家一起好好享受賭博。」

百瀨說完，撥開人群走向看台。突然闖入的壯漢引起了周圍人的側目，但一看到他的樣子，立刻爲他讓了路。百瀨就像是《十誡》中的摩西，一男緊跟在他身後，來到看台的最前排。

前方是一片綠色的草皮，近距離觀察時，發現草皮比在貴賓室內看到的更加綠油油，充滿了生命力。風雖然有點冷，但拂在臉上很舒服。

賽馬吐著白氣入場，衝向起點的位置。美麗的身影讓看台上響起陣陣歡呼，

攝影師用望遠鏡頭的相機喀嚓喀嚓地拍著照。

「十三號。」百瀨小聲地說。

「啊？什麼？」一男問。

「笨蛋！你已經忘了嗎？那是我的馬，不然還能是什麼？」

「喔，原來是十三號。」

「是啊，騎手穿著有紅星的戰鬥服，那是我的幸運紅星。」

十六匹賽馬走進門內。號角響起。看台上響起宛如地鳴般的巨大歡呼聲，接著是數秒的寂靜。一男內心已經平靜的「燥熱」再度像反胃般出現了。

下一剎那，門打開了，賽馬同時衝了出來。

黑色的身體在賽馬場上跳躍奔騰。紅色、白色、黃色、紫色、綠色和藍色，騎手的戰鬥服在牠們漆黑的身體上搖晃。

看台上鼓譟起來。

七號馬一馬當先。

不知道是想要甩開其他賽馬，還是騎手失控了，七號馬不斷加速。在經過第一個彎道時，已經有馬匹被甩到後方。

十三號。十三號。十三號。

一男在內心默唸著，目光追隨著紅星。自己的命運正在距離頭陣的七號馬稍微後方的那群馬最後努力奔跑。

一男注視著紅星，突然覺得賽馬很不可思議。

無論下了多大的賭注，賽馬奔馳在遠處的彎道時，總覺得事不關己。

當賽馬轉過一個又一個彎道，漸漸逼近終點時，才漸漸有了真實感，覺得和自己有密切的關係，就像被原本在遠觀的龍捲風捲入一樣，在短短兩分鐘內，原本還在遠處的東西一下子闖進自己的內心，攪亂欲望和感情，隨即又被帶走。

賽馬衝入第四個彎道，距離終點的直線距離五百公尺。速度頓時加快，可以聽到賽馬痛苦的喘息聲，但很快被看台上響起的吼叫聲淹沒了。

嗚噢噢噢噢噢噢噢。嗚噢噢噢噢噢噢噢。

那是怪獸的咆哮。一男回過神時，發現自己也加入了咆哮的行列，一起大吼著。

嗚噢噢噢噢噢噢噢。嗚噢噢噢噢噢噢噢。

他無法不發出叫聲，如果不把腹底深處湧起的燥熱用聲音吐出來，他快要發瘋了。

原本在最前方的七號馬漸漸後退，很快就被緊追在後的那群馬吞噬了。那群馬中有兩匹馬衝上前去。那是穿著黃色戰鬥服的一號馬，和命運的紅星十三號。

「來了！」百瀨大叫著。

「衝啊！」一男也叫了起來。

一號和十三號。

騎手分別揮鞭策馬，賽馬加快了速度，渾身肌肉浮現。

嗚噢噢噢噢噢噢噢。嗚噢噢噢噢噢噢噢。

怪獸的叫聲響徹整個賽馬場，兩匹馬爭先恐後地衝向終點。

下一剎那，十三號馬跳了起來，紅星好像被彈出去般消失不見了。

「慘了，墜馬了！」百瀨大叫著。

響徹整個賽馬場的尖叫聲淹沒了百瀨的聲音，一號馬衝進了終點。

所有的馬都衝過草皮，蹲了很長時間的紅星騎手搖搖晃晃地站了起來，追向自己的馬匹。失去了方向的十三號馬好像迷路的孩子般在草地上徘徊。

比賽結束後，一男仍然茫然地站在看台上良久。

他的身體就像熔化的金屬液體遇冷凝固無法動彈。

「難免會發生計算不到的狀況，」百瀨對一男說，「就和這個世界一樣。我們無法預測大自然的變化，動物也會發生計算不到的狀況，人和馬都是動物，一定會犯錯，而且會不斷犯錯。」

雖然一億圓在轉眼之間消失，一男覺得百瀨說話太不負責任了，只是他也無法生氣。正如百瀨所說，自己測試了金錢的運氣，然後得出了自然的結論，證明自己缺乏運氣。

「雖然很同情你，但賽馬就是這麼一回事，賭博就是這麼一回事，你只是重新回到原點而已。而且在此之前，還有另一個問題……」

「……在此之前，另一個什麼問題？」

「就是今天的馬票。」

「馬票嗎？」

「對，你從頭到尾，沒有花一圓買馬票。」

「啊？」

這、句、話、是、什、麼、意、思？

這、個、人、到、底、在、說、什、麼？

同樣的話在一男的腦袋裡打轉，就像漫畫的對話框般冒了出來，他卻無法發出聲音。

「所以，你今天從頭到尾沒有買過馬票。喔，我有買喔，但我事先和那個穿黑衣服的小弟套好招，不會為你買馬票。所以，剛才的萬馬券中了一億圓的前一場比賽，和把一億圓都拿去買單勝的馬票，結果慘賠的剛才那場比賽，你都沒有買馬票。錢只是在你的腦袋裡流動而已。」

一男感到愕然，這個人到底想要對我做什麼？他這麼做有什麼目的？一男完全搞不清楚狀況。

百瀨注視著啞口無言的一男，淡淡地繼續說道：

「你是不是覺得我為什麼要對你做這麼過分的事？你在尋求『金錢和幸福的答案』，所以，我想要用我的方式告訴你這個答案。現在的你和你來這裡之前，完全沒有任何不同，但在你的腦袋裡，一百萬變成了一億，然後又變成了零。那只是在你腦袋裡所發生的事，但『金錢和幸福』就是這麼一回事，根本沒有實體。今天在你腦袋裡流動的金錢，和真正的金錢並沒有太大的差別。」

加長型禮車從賽馬場後方馬主專用的停車場緩緩駛了出來。

一男和百瀨面對面坐在後方的座位，茫然地看著貼了隔熱紙的車窗外的風景。百瀨說要送一男回家，一男不置可否地接受了，所以目前坐在後車座。

「……以前不是有一個貨車司機在鬧區的巷子裡撿到一億圓嗎？」

百瀨突然開了口。

「的確好像看過……類似的新聞。」

一男無力地回答。

「新聞鬧得那麼大，但失主遲遲沒有現身，你知道為什麼嗎？」

「可能那些錢有問題吧？可能是黑錢，或是逃漏稅。」

「不，我可不這麼認為。」

「不然是怎麼回事？」

「我認爲是失主故意丟掉的，這個世界上，有的人想要把錢丟掉。」

「我從來沒有見過這種人。」

「眞的有。」

「啊？」

「我就是啊。」

禮車司機突然按著喇叭。

離開賽馬場，準備回家的人都擠到車道上。

聽到喇叭聲，那些男人才終於讓出一條路。禮車緩緩行駛在人群中。

一男看向窗外，發現那些男人露出好像行屍走肉般漠然的眼神看著禮車。

當一男看向百瀨時，嚇了一跳。百瀨的眼神和窗外那些男人完全一樣。

「公司規模擴大後，九十九賣了公司，我們每個人都拿到了超過十億的現金，但我在拿到錢之後就意興闌珊，什麼事都不想做，每天都來賽馬、打小鋼珠。我想用賭博的方式花掉那些不義之財，但是，令人悲哀的是，我很有賭博的才華。也許不能說是才華，而是我的計算能力和賭博很合。總之，我原本想靠賭博的方式把錢花完，沒想到越賭錢越多。希臘神話中的邁達斯國王不是有黃金手嗎？只要他碰過的東西，都會變成黃金，我就是邁達斯國王……」

禮車行駛在燈紅酒綠的夜晚街道上，一男坐在車內，可以看到街上的行人都向這輛外形奇特的禮車張望。

「結果錢越來越多，身邊出現了很多莫名其妙的親戚、朋友和女人，於是就很悲慘。因為我會覺得身邊的人都是為了我的錢而來，雖然應該有真正的友情，我卻害怕被朋友背叛；明明是真心相愛，卻覺得女人是看中我的錢。結果漸漸沒了朋友，也不敢再談戀愛，最後連我爸媽也都生病去世了。我也病倒了三次，動了大手術。雖然知道這應該和金錢沒什麼因果關係，但如果上天不允許我得到一切，一定藉由奪走我父母的生命來加以平衡。」

百瀨深深嘆著氣。

「人類是爲欲望而工作的動物，爲了得到可以用金錢買到的快樂而追求金錢，但是，金錢帶來的快樂無法持久，只剩下恐懼而已。有錢人之所以有錢，是因爲他們內心感到害怕。有錢人只是用錢消除失去錢的恐懼，所以他們拚命存錢，即使有再多錢，仍然不斷賺錢。因爲他們知道未來會發生什麼事，他們知道存的錢越多，恐懼也會越強大。所以，我認爲那個一億圓的失主是因爲無法承受擁有金錢的恐懼，發自內心想要丟掉那些錢。」

持續思考「幸福」這個問題的哲學家叔本華曾經說：

「財富像海水，越喝越渴。」

一男想像著眼前的百瀨獨自漂流在海上的樣子，雖然眼前有取之不盡的水，但他越喝越渴，最後將走向死亡。

禮車開了將近一個小時後，來到一男工作的麵包工廠前。

閃著黑光的禮車停在死氣沉沉的銀色工廠前，異樣的狀況吸引了工廠的工人紛紛走出來，遠遠地看著禮車，看到一男走下車時，所有人都露出驚訝的表情。但是，當百瀨跟著下車時，工人紛紛轉過頭，快步走回工廠。

「今天非常感謝你。」

一男向他鞠躬道謝。

「希望你可以找到九十九，一方面是因爲三億圓，但他以前不是你的好朋友嗎？既然這樣，就更要找到他不可，當年也是九十九救了我。因爲我長這樣，在進公司之前，所有人都覺得我是怪胎，對我避之惟恐不及，只有九十九願意在我身上下賭注。我問他：『爲什麼選擇我？』九十九回答說：『直覺。相信一個人，不需要算計。信用很不確實，也很不合理，經常受騙，也經常不準，但是，我想要相信你，想要在你身上下賭注，這種感覺，只能用直覺來形容。』說完，他難得笑了笑。爲了不讓九十九在這場賭局中落敗，所以我很努力。在金錢的問題上，比任何人都搶先一步發現理所當然的事，也努力學習，讓自己能夠理所當然地做到這一點。九十九和我一樣，即使不理錢，錢也會越來越多，他周圍的人會比他先出問題。九十九現在應該擁有超過一百億的資產，照理說，他對你的三億圓根本沒有興趣，我相信其中一定有什麼原因。」

「我也希望是這樣，但他沒有聯絡我，我也不知道他的下落。」

一男覺得自己未來的路越來越窄。十和子、百瀨都不知道九十九的下落，當然也不知道三億圓在哪裡。

眼前只剩下一條路。還剩下一個人。

他是最後一個人。

「你接下來會去見千住吧？」百瀨似乎看穿了一男的心思。

「雖然我討厭他，但他可能知道一些事，因爲他是九十九最好的朋友。」

最好的朋友。

一男聽到這句話，有一種受傷的感覺，但即使如此，他仍然覺得必須去見千住。姓千住的男人是他最後的希望。

「下賭注這句話讓人感覺不太好，但我很喜歡這句話。」臨走時，百瀨笑著說：「因爲願意在某件事上下賭注，就代表了一種信任，我認爲這是一件很棒的事，所以，我想要在你身上下賭注，我賭你可以找到九十九。這不是經過計算得出的結論，而是憑直覺，但我現在願意爲我的直覺下賭注。」

一男搞不懂百瀨贏了這場賭局，能夠得到什麼？

但他清楚知道一件事，這場賭局的報酬絕對不是金錢。

一男回過神時，發現離開賽馬場時，一直在耳邊迴響的怪獸咆哮聲已經消失了。

千住的罪孽

一男和九十九揹著沉重的背包，在巴黎的戴高樂機場內奔向最角落的登機門。

「快來不及了！九十九，快跑！」一男大叫著。

「一、一男，我、我跑不動了。」九十九用無力的聲音回答。

因爲氣流的關係，班機延誤了，離轉機班機起飛的時間剩下不到十分鐘。

一男奔跑著。九十九也奔跑著。他們衝進登機門，遞上登機證，上了飛機，快步走在小型機的通道上，上氣不接下氣地找到了自己的座位。他們剛繫上安全帶，飛機就迫不及待地準備起飛。九十九張著嘴，眼睛一眨也不眨，一臉茫然的表情。一男看著他的樣子，覺得很滑稽，忍不住笑了起來。看到一男的笑容，九十九似乎終於放了心，也跟著笑了起來。

從巴黎到摩洛哥最大城市卡薩布蘭加的穆罕默德五世國際機場將近三

個小時的航程，一男和九十九在那裡再度轉機，終於抵達了這趟畢業旅行的目的地馬拉喀什。距離他們從日本出發已經整整過了二十三個小時。

一部電影促成了他們這趟旅行。

畢業之前，他們在整理落語研究社的社團活動室時，偶然發現了一盒錄影帶。一男和九十九好像受到了命運的指引，在狹小的活動室內看了這部電影。

「觀光客在抵達之後，就開始想回家的事，但旅人有可能從此不回家。」

電影以這句話拉開了序幕。

一對家境富裕的夫妻從紐約來到這個沙漠城市，一到碼頭，妻子就說：「你只是觀光客，但我也同時是旅人。」

這對曾經相愛的夫妻共同生活了十年的歲月後，彼此的關係已經相敬如冰。他們從摩洛哥來到撒哈拉沙漠，試圖藉由這趟旅行修復彼此的關係。但丈夫在旅途中生病去世了，妻子在丈夫死後，消失在沙漠中。

最後，當局找到了妻子，她好像在夢囈般說：「我失去了一切。」她失去了旅行袋、金錢、丈夫和身為一個人存在的意義。最後，失去一切的妻子再度回到了曾經是這趟旅行起點的飯店，電影在飯店的一位老人說的一番話中落幕。

「人無法預知自己的死亡，所以總以為人生是取之不盡的泉水，然而，所有的事物最多只能發生數次而已。曾經影響自己人生的重要回憶，你還能回想幾次？最多只有四、五次而已。還能看幾次滿月？最多二十次而已，但人們總是認為有無限的機會。」

這是一部很奇妙的電影，整部電影都散發出強烈的倦怠感，卻讓人視線無法移開。電影中出現的摩洛哥街道和撒哈拉沙漠具有崇高的美，卻又充滿了無限絕望。廣大的沙漠中，任何高度文明都失去了意義，金錢也無法發揮任何作用，然而，生活在文明中的人們完全沒有意識到這件事，完全沒有想到最多只能再看二十次左右的滿月。

看完電影，九十九興奮不已。

九十九向來喜歡卓別林和比利·懷德等古典電影，卻深深地愛上了這部電影，他對摩洛哥充滿了嚮往。在九十九難得熱心的提議下，他們決定一起去摩洛哥旅行。這是他們的畢業旅行。

一男曾經獨自去東南亞（都是去泰國、新加坡這種適合初次出國旅行的國家），但那是九十九第一次踏出國門。雖然經常出國旅行的朋友說：「這樣只會造成加倍的危險」而表示反對，卻無法動搖他們的決心。他們相信，一男和九十九，兩個人在一起就是一百分的完美。

他們在馬拉喀什的邁納拉國際機場花了三十迪拉姆（相當於三百日圓），搭上了叫客的巴士。車窗外，夜晚的馬拉喀什街頭一片漆黑。黑色很濃，好像用黑色顏料塗了好幾層。

巴士在好像永無止境的黑暗中持續行駛，每過幾分鐘，就來到一個三岔路口，巴士時左時右地前進，然而，無論行駛多久，道路仍然籠罩在一片黑暗之中。

三十分鐘後，當一男漸漸覺得可能永遠無法穿越這片黑暗時，道路遙遠的前方出現了微光。巴士在十分鐘左右後來到名叫德吉瑪廣場的巨大廣場。在一切都被黑暗籠罩的世界中，只有那裡被無數電燈照亮，這個在阿拉伯文中代表「死者的集會」的廣場上，不計其數的人影走動，宛如被捕蛾燈吸引的飛蟲。

一男興奮地看著身旁的九十九，九十九用那雙像黑貓般的眼睛注視著廣場。他可能感到害怕。這也難怪，因爲這是他第一次出國旅行。

「沒事，我們走吧。」一男說道，九十九看著前方，輕輕點了點頭。

他們衝進了燈光中。

廣場上擠滿了各式各樣的攤位，從水果乾到柳橙汁，煮蝸牛到烤羊腦，應有盡有。每個攤位都很熱鬧，人們擠在一起大快朵頤。

街頭藝人、舞者、歌手、小劇團、畫家、說書人、馴蛇師擠在廣場中央表演各自的節目，各種表演都有觀眾，也都贏得了掌聲。

「你們、日本人？」

突然有人用生硬的日文對他們說話，回頭一看，一個摩洛哥少年露出可愛的笑容看著他們。少年差不多才六歲，雖然身上的衣服很髒，但黝黑的身體很結實，五官也很俊俏。

「旅館、有嗎？我、帶你們去、很好的旅館，來這裡。」少年說完，用力向他們招手，「別擔心、我喜歡、日本人、朋友、不用錢。」

這是怎麼回事？

剛到摩洛哥就遇到了難題的一男感到困惑不已。

「那、那就去啊。」一旁的九十九說：「他說不用錢。」

「是啊，反正我們還沒有訂旅館，那就去看看吧。」

「嗯，他、他是小孩子，看起來不像壞人。」

少年帶著他們兩個人走進了兩旁擠滿圍著高牆的房子、好像迷宮般的巷道。巷道通往四面八方，所有的巷道都彎曲而複雜。離燈火通明的德吉瑪廣場越遠，巷道越狹窄，黑暗也更深。野狗和遊民張大眼睛在路旁打轉，發出呻吟看著一男他們。少年一路小跑著在前面帶路，一旦跟丟了，就無法回到剛才的廣場。一男和九十九快步跟著少年，少年不時回頭對他們說：「別擔心、別擔心。」他到底要把我們帶去哪裡？一男為幾分鐘前，沒有經過深思的決定感到後悔，但也只能繼續跟著他走。

時前時後，時左時右地走了二十分鐘左右，當感覺因為不安和混亂漸漸麻痺時，少年在一道老舊的木門前停下了腳步。少年說：「這裡、旅館。」然後用巨大的鐵把敲著門。旅館的男人一臉等待已久的表情從裡面走了出來，晃了晃脖子，示意他們進去。一男和九十九互看了一眼，正準備走進去，少年的兩道眉毛皺成八字，流著眼淚，伸出了雙手，用和剛才完全判若兩人的悲傷聲音，不斷重複著：「Baksheesh（小費）。」他好像在乞討，但他的表情實在太生動，應該經過多次的磨練，造就了如此爐火純青的表情。

「Give him some money.（給他一點錢。）」旅館的男人用流利的英文對他們說。

少年得到了旅館男人的支持，繼續說道：「Baksheesh, only ten dirham.（小費，只要十迪拉姆。）」

果然是這麼一回事。一男心想。他曾經在東南亞一帶多次遇到相同的事，少年根本不可能白白做好事，有錢人才會發揮慈悲心做公益，而這種伎倆正是這些少年做生意的方式。對這個國家的少年來說，就像在便利商店或是在家庭餐廳打工，即使抵抗也沒有用。一男默默地從皮夾（掛在脖子上的旅行專用皮夾）裡拿出十迪拉姆硬幣。

九十九抓住了一男的手。

「沒、沒必要付，他剛、剛才說不要錢。」

「但他帶我們來了這裡，所以就給他吧。」

「不、不可以這樣，一男。」九十九低著頭，用強烈的口吻說道，「我、我並不是在乎錢，只不過是一百圓左右的金額，但他剛才自己說

『不要錢』。」

九十九說完，甩開少年，打開門走了進去。一男急忙想要追上去時，少年突然露出可怕的表情，抓住一男的衣服。他力大無比，難以想像他只是一個少年。他瞪著一男大罵：「Fuck You！」醜陋的表情就像剛才在路上看到的野狗。一男看到少年驟變的樣子，不由得害怕起來，甩開少年，逃進了旅館，用力關上了門。旅館的男人聳了聳肩，看著一男和九十九，似乎在說，這也是無可奈何的事。

那天晚上，一男輾轉難眠。也許是因爲時差的關係，但少年的表情深深烙在他的眼瞼上揮之不去。少年用嘶啞的聲音大罵：「Fuck You！」的聲音一次又一次在耳邊響起。只要付一百圓，就不必體會這種心情，九十九那時候爲什麼堅持「不必付錢」呢？一男想要向九十九問清楚，但九十九在旁邊那張床上發出靜靜的鼻息睡著了。他搭飛機時完全沒有闔眼。

一男和九十九被鸚鵡聒噪的叫聲吵醒，走出房間，忍不住倒吸了一口氣。昨天晚上太暗了，所以沒有發現，原來這裡是有阿拉伯式中庭的庭院旅館，客房都在挑高的中庭四周，用藤蔓和鮮花裝飾得很美的中庭上方，是一片蔚藍的天空。看到這片藍天，一男眞切地感受到自己來到了摩洛哥。

一男和九十九在可以遠眺德吉瑪廣場的庭院旅館頂樓喝著甜甜的薄荷茶。朝陽映照的馬拉喀什街道明亮無比，和前一天晚上的陰鬱感覺形成了對照，激發了一男內心的積極。他們看著地圖討論著，決定一起去市場。

市場比市區的路更窄，更像迷宮。

銀製雕刻、木製品、皮革雕刻和絲綢，各家商店都販賣不同的商品。

繼續往裡面走，還有馬賽克磁磚、波斯地毯、摩洛哥小羊皮鞋，以及各種香料，每家店都很有摩洛哥的特色，所有店家的店外、店內，從牆壁到天花板都陳列著商品。一男看著這些琳琅滿目的商品忍不住想，有這麼多商品，就代表有這麼多人在賣這些商品，也有很多人來購買這些商品。

在充斥著宛如沸騰般的熱氣，和混雜了動物和植物異味的市場內，他們好像著了魔似地逛來逛去。地圖已經失去了意義，他們就像小孩子在巨大的迷宮中遊戲般隨便亂走，不時走回剛才已經來過的地方。

市場最深處有幾家陶器店，繼續往裡面走，有一家小店。那家小店差不多只有兩坪多大，比其他店更小、更髒，但整家店的感覺很吸引人。一個年邁矮小的老頭坐在昏暗的店裡，臉上長滿了鬍子，衣服也很破舊，看起來很寒酸。陶器店的男人坐在一張小木椅上，彈奏著有兩根琴弦，看起來像簡單版吉他的樂器。只有兩根弦的樂器演奏出來的旋律很簡單，卻充滿了幻想的魅力，彷彿會把人帶入異世界。

一男和九十九被音樂聲吸引，走進了那家店。當他們走進去時，陶器店老闆靜靜地站了起來，打開了燈。乳白色的燈光照亮了整家店。

一男忍不住倒吸了一口氣。店內打掃得一塵不染，和外觀完全不同，整齊地陳列著鮮豔的深藍色、胭脂色、紫色和淡綠色的美麗盤子和茶具。因爲太安靜了，一男忍不住看向身旁，發現九十九也同樣驚呆了。

他以前從來不曾對陶器產生過興趣，卻發自內心地想要擁有這些盤子和杯子。雖然他和九十九沒有交談，但九十九似乎也有同感。一男在比較幾個陶器後，挑選了一個白底深藍色圖案、價格大約一千圓左右的盤子。

九十九不斷和陶器店老闆討價還價（他挑選的每個盤子都超過一萬圓）。九十九先挑選了一個盤子和老闆交涉，老闆說無法賣那麼便宜，然後從裡面拿出另一個盤子，問九十九是否喜歡那個。新的盤子也漂亮得讓人愛不釋手，所以九十九越買越多。每次決定要買，和老闆討價還價，老闆又拿出新的盤子，然後決定連新的盤子也一起買的前提下繼續殺價。他們的交涉簡直就像是吸引觀眾目光的網球對打，那是彼此都瞭解正確價值的美麗對打。

九十九忘我地和老闆交涉，幾個小時就在轉眼之間過去了，天色漸漸暗了下來。一男在感受到黑暗的瞬間，身體深處湧起一股寒意，那是讓他預感到自己即將發高燒的寒意。不知道是昨晚在路邊攤吃的食物有問題，還是水土不服，導致體力過度消耗所致。他認爲都不可能，也許只是時差的關係，只要回到飯店稍微休息一下就好。雖然腦袋裡這麼想，但身體顫抖不已。上半身的寒意擴散到下半身，他全身發抖，無法繼續站在那裡，當場蹲了下來。

「一、一男！你怎麼了？沒事吧？」

九十九發現情況不妙，緊張地問。

一男想要回答自己沒問題，但身體顫抖不已，說不出話，只能發出「呃」的無力聲音。

「我、我去找醫生！」

九十九衝出店外，他的身影在一男模糊的視野中越來越小。這時，一男突然感到極度不安。他想要叫：「九十九，請你別走！」但乾燥的喉嚨好像被封了起來，他發出的氣息無法成爲聲音，消失在空氣中。在九十九的身影消失的同時，街頭的大型擴音器傳來粗獷的男人聲音，巨大的音量好像在唸咒語。好可怕、好可怕、好可怕。一男昏了過去，好像要讓意識遠離難以承受的恐懼。

一男不知道自己睡了幾個小時。

當他醒來時，發現自己躺在鋪了柔軟亞麻布床單的床上。床有頂蓋，木床周圍是蕾絲床帷，那是一張如假包換的波斯木床。燒似乎已經退了，他既不覺得冷，也不再頭痛，但他想要坐起來時，發現身體仍然很沉重。這種沉重的感覺證明了自己曾經深受高燒的折磨。

這裡是哪裡？

一男下了床，邁著沉重的步伐來到窗邊，立刻發出了驚訝的呻吟，瞪大了眼睛。

窗外是一片廣大的沙漠。

芥黃色的沙漠一眼望不到盡頭。

一男衝出房間。長長的走廊上鋪滿了深紅色波斯地毯，走廊兩側總共有八道門，他沿著走廊一直走到門外。

一男住在一棟可以俯視整片沙漠的豪宅內。

豪宅前繫了數十頭駱駝和馬，有一排高大的椰子樹，綠洲中央有一個大水池。

一男茫然看著這片宛如夢境般的景象，愣在原地，陶器店老闆走了過來。他身穿深藍色絲綢衣服，頭上裹著潔白的頭巾，手腕和脖子上戴了許多金飾和珠寶，一看就知道他是有錢人，和在市場的時候判若兩人。

跟在老闆身後的高個子男人（他應該是僕人）手拿的托盤上有一個銀杯子，在老闆的示意下，一男一口氣喝完了鮮榨的柳橙汁。新鮮柳橙汁酸酸甜甜的香氣從嘴裡擴散到鼻子，身體補充了水分和糖分後，一下子變輕了。

「……謝謝你，請問這裡是哪裡？」

一男用蹩腳的英語問道，陶器店老闆笑著用手比了房子，然後把手放在自己的胸口，可能代表「這裡是我家」的意思。然後，陶器店老闆用簡單的英文和肢體語言，向一男說明了他會出現在這裡的來龍去脈。

昨天晚上，九十九衝出陶器店後，遲遲沒有回來。一男的身體狀況不斷惡化。陶器店老闆判斷繼續等下去，會有生命危險，於是拿了用來包陶器的毛毯把一男包了起來，抬到車子的載貨台上，把他帶回了沙漠中的家，讓他躺在床上，請平時就住在家裡的醫生爲他開了一些藥。

陶器店老闆說，明天要去市場開店做生意，早晨可以送一男去麥拉喀什。只要回到麥拉喀什，回到旅館，就可以見到九十九。陶器店老闆說：「如果你們是好朋友，一定可以見到。」在日落之前的幾個小時，一男在陶器店老闆的建議下，和他一起騎著駱駝在沙漠上散步，又坐了綠洲水池內的船。

到了晚上，一男和陶器店老闆坐在可以眺望月夜沙漠的露台上吃著晚餐，聽他訴說奇妙的人生故事。

陶器店老闆家境貧寒，但他很有才華，能夠製作出美麗端正的陶器。不久之後，他把自製的盤子和杯子放在市場內寄賣。他的陶器很受好評，銷路很好。

幾年後，他用賺來的錢在市場深處開了一間小店。他一身寒酸的衣服，臉看起來也髒兮兮的，在昏暗的店內賣陶器。他的陶器比其他任何一家店的更美、更牢固。即使像一男那樣的外行人走進店內，也會立刻被他的陶器吸引。只要一走進他的店裡，就會情不自禁把他的陶器帶回家。十幾年來，他捏土製作的陶器變成了大量金錢，娶了美嬌娘，生了七個孩子，買了這片可以看到遼闊沙漠，綠洲就在眼前的土地，建造了這棟豪宅。

他成為有錢人，卻並沒有改變工作方式。每天深夜起床製作陶器，當朝陽升起，就換上「工作服」去街上，把陶器搬到市場最深處的店裡，陳列在小店內，演奏著樂器，等待顧客上門。當顧客上門後，在回應顧客討價還價的同時，努力向顧客多推銷一個盤子。

「你為什麼不擴大營業？」一男問。

「因為沒有必要。」陶器店老闆回答，「既沒有必要，而且目前的方式最能夠促進銷量。」

他沒有擴大營業，也沒有四處誇耀自己的奢華生活，在沙漠中建造豪宅隱居，一如往常的寒酸裝扮，一如既往地在小店工作。他深信這是做生意最好的方式，只要能克制虛榮心和欲望，這是持續「富裕而幸福生活」的最佳選擇。

經濟學之父亞當・斯密曾經說：「世人尊重有錢人，把他們視為偉人。」

陶器店老闆認爲這句話是眞理，同時假設了這句話還有「後續」。

「世人尊重有錢人，把他們視爲偉人，但偉人的幸福無法長久。」

所以，他雖然成爲「有錢人」，卻選擇不當「偉人」。他用這種方式選擇了長久享受幸福之路。

那天晚上，一男遲遲難以入睡。

不知道九十九在幹什麼？他會不會感到不安？他一定很害怕，獨自身處那個城市，一定感到徬徨無助，但目前自己無能爲力，也無法聯絡他。

他在床上輾轉反側了三個小時，當月亮爬到天空正上方時，突然聽到遠處傳來敲門聲。幾秒鐘後，走廊上響起啪答啪答奔跑的聲音。腳步聲在一男的房間門前停了下來，門打開了，是九十九。他可能找了很久，臉曬得很黑，衣服上也有很多灰塵和泥土。

九十九一走進房間，立刻喋喋不休地說著一路找來的過程。他說得語無倫次，但還是可以知道，他經歷了一場大冒險。

一男看著九十九的臉，淚水忍不住湧上心頭。

然而，九十九先哭了起來。

「對、對不起，一男，你一定很不安，一定感到很害怕。當、當時我不應該把你留在那裡，自己去找醫生。我一直很後悔。如果當初我沒有說想去摩洛哥，就不會發生這種事了。對、對不起，一男，眞的對不起……對不起……」

九十九泣不成聲地痛哭起來，最後甚至蹲下來嚎啕大哭。一男輕輕走到九十九身旁，緊緊抱住了他。

當時，九十九爲什麼哭得那麼傷心？

一男有很長一段時間都無法理解這件事。

但是，如今似乎能夠瞭解其中的原因。

「觀光客在抵達之後，就開始想回家的事，但旅人有可能從此不回家。」

他想起了電影中的這句台詞。

去摩洛哥旅行時，一男是觀光客，九十九是旅人。對一男而言，還可以看無數次的月亮，在九十九眼中，是最後一次看到的月亮。

九十九決定不回家。

九十九決定在那趟旅行中告別一男。

$

英國的神學家湯瑪斯・富勒曾經說：

「金錢是主宰世界的神。」

每個人都會在金錢面前俯首稱臣。如果這個世界上有共同的神，也許就是金錢。

一男想起這句話，看著台上的千住。

他曾經是九十九的好友，能夠幫自己找到消失的三億圓的最後一個人。

「你現在幸福嗎？健康嗎？是否感受到自己的成功？有沒有足夠的金錢實現呢？」

千住穿著富有光澤的黑色西裝，裡面搭配黃色高領毛衣，兩隻手腕都戴了金色佛珠。戴著誇張的耳機麥克風，故弄玄虛地停頓片刻後繼續說道：

「我……現在要告訴你們……金錢和幸福的答案。」

禮堂內整齊地排放著鐵管椅，一男坐在最後排，看著台上的千住。

這裡是都心的商業街，這棟八層樓的大樓靜靜地佇立在街角。禮堂內的白色牆壁看起來死氣沉沉，雖然是白天，但正方形窗戶前拉起百葉窗，日光燈的燈光更襯托了這個空間的死氣沉沉。

一男的前方坐了一百多個男男女女，都豎耳細聽千住的話。男女比例各半，年紀從三十多歲到五十多歲，千住背後的牆壁掛了一塊寫著「億萬富翁新世界」的大招牌，班傑明・富蘭克林（就是印在一百美元上的那個人）和福澤諭吉（印在一萬圓上的那個人）的肖像畫裝在畫框內，掛在左右兩側，在死氣沉沉的禮堂內，這兩幅肖像畫顯得極不協調，和響徹整個會場的激昂歌聲（應該是愛爾蘭的知名女歌手的歌曲），都讓一男感到渾身不自在。

和百瀨道別後，一男立刻試著聯絡千住。

他整整打了兩天的電話，但千住始終未接電話。一男無奈之下，只能在網路上搜尋千住，立刻找到了他的下落。他目前在東京都內創辦了「億萬富翁新世界」的研討會，並會定期舉辦聚會。

官網上有千住的巨幅照片，穿著黑西裝、黃色高領毛衣，一頭長髮用髮油梳向後方，露出像是推銷郵購的業務員般誇張的笑容伸出雙手。一男點擊了照片，出現了掛著「億萬富翁導師」頭銜的千住的個人資料。

千住自大學退學後去南美大陸流浪，在當時造訪的世界最南端城市烏斯懷亞遇見了「神」，得到了關於「金錢和幸福的答案」的神諭後，立刻回國創業，無論做什麼生意，「都像做夢般順利」，轉眼之間，就成爲億萬富翁。之後，他賣掉公司，得到了龐大的資產，遠離商場，爲了向更多人傳達「金錢和幸福的答案」的神諭，創立了「億萬富翁新世界」。

網站上所有的內容寫得天花亂墜，就像是著色太鮮豔的人造花，反而有一種奇怪的感覺。一男突然想起以前曾經看過一本億萬富翁寫的書上有一句話：「有錢人的快樂建築在窮人的眼淚上。」這個一看就很詭異的團體竟然有很多會員參加，獲得了很高的收益。這種狀況令人難以相信。這個世界上，一定有人認爲假花比眞花更美。那是不會枯萎、不會腐朽，不會失去的世界。即使那是用謊言堆砌而成的世界，也有人會嚮往、渴望。正因爲如此，無論在哪個時代，都不斷有像千住那樣的人出現。

一男試圖透過官網和千住取得聯絡。

我想瞭解九十九的事，希望能夠見面詳談。他寫了這些內容後寄了出去，收到了事務局的回覆，而且回覆內容是邀請他參加千住的課程。參加費兩萬圓，而且還一副施以大恩的態度再三強調，原本五天的課程收費八十萬圓，但以優惠價提供第一天課程的旁聽。在幾乎都是用複製、貼上的方式寫的電子郵件中，數度提到了「金錢和幸福的答案」這句話。那是當年九十九在摩洛哥的沙漠中對一男說的話。一男每次看到這句一再重複的話，就確信千住和九十九關係很密切，於是決定來參加今天的「課程」。

「只要用功讀書，從一所好大學畢業，找到一份理想的工作，就可以成爲有錢人……眞的是這樣嗎？」

會場內鴉雀無聲。千住對超過一百名參加者說：

「答案是NO！這種時代早就結束了，如今能夠成爲有錢人的，都不是走這種既定路線的人。那麼，如何才能成爲有錢人呢……學校和父母有沒有教我們成爲有錢人的方法？」

所有參加者都一動也不動，默然不語地注視著千住。

千住感受著眾人的視線繼續說了下去。他說話的方式很拖拉，好像話語和話語之間用很黏的線連了起來。

「……答案當然是NO，學校從來不教我們金錢的本質，父母也從來不教我們。原因很簡單，因爲沒有人瞭解金錢，如果當今的教育能夠正確教導有關金錢的事，所有的銀行行員應該都是有錢人，國家也不會陷入財政困難。無論當上會計師，或是取得MBA，結果都一樣。即使一味學習傳統的金錢規則，也無法在這個世界成爲有錢人。那麼，到底該向誰學習金錢的事呢？」

一男注視著千住。他滿臉笑容，潔白的牙齒很整齊，臉上的表情充滿自信，然而，一男在他的眼睛深處看到了黑暗。九十九坐在偌大房子的水泥地上時，眼睛深處也有相同的黑暗。

「答案很明確，必須向有錢人請教有關錢的問題，因爲只有他們在金錢方面有所成就。只不過看再多他們寫的書也沒用，因爲書上寫的都是『死知識』，當他們寫在書上，讓大家都能夠分享這些知識，就無法正確引導你。因爲世界上的規則已經發生了改變。」

一男坐在最後排，也可以感受到全場觀眾在短時間內被千住吸引。每個人來參加這個課程之前，內心都會有些許不安和懷疑，覺得可能有問題，可能會受騙上當，但欲望就像靈魂出竅，離開了迷惘的心，飛向了千住。

「各位之所以無法成爲有錢人的理由很明確，都是因爲無知。亞當．斯密曾經說過：『有一個有錢人，就至少必須有五百個窮人。』這句話完全正確，這個世界很不公平，雖然有人說『窮人比富人更幸福』，說這種話，讓窮人停止思考的必定是有錢人，越是大聲嚷嚷『金錢不是一切』的人，錢往往多到發臭。」

千住繼續發表煽動的言論，有人拿出了筆記本或手帳開始記錄。有一個人開始做筆記後，周圍的人也紛紛拿出筆，像骨牌效應，像瘟疫傳染般加速度擴散。五分鐘後，會場內幾乎所有人都開始認眞做筆記。

「無知是惡魔，各位需要全新的『金錢和幸福的答案』。如果找不到這個答案，你們就將重蹈你們的老師和父母的覆轍。無法想像還有其他路可走，日復一日地窮困下去。首先，必須瞭解金錢到底是什麼，否則，你們就會一輩子爲老闆賣命，爲向國家繳稅而工作，爲了繳銀行的貸款而工作。在可以快樂生活的時期，把幸福推開，爲了自己根本用不到的錢賣命，這和奴隸沒什麼兩樣。各位必須趕快擺脫奴隸狀態。」

這個人是九十九的好朋友嗎？這個蔑視窮人，自以爲是金錢教主的男人，眞的曾經和九十九一起工作嗎？

「各位，不要再把責任推給教育或是政治了，因爲問題出在你們自己身上。如果你們不改變自我，就無法改變任何事。金錢不會改變，老師、政治人物和國家也不會改變，但是相較之下，改變自我比較容易。請各位從今天開始，和我一起尋找『金錢和幸福的答案』。」

千住一口氣說完後，發給每個參加者一張白紙。看到所有人都拿到白紙後，千住緩緩地說：

「如果你有用不完的錢……你想做什麼？想買什麼？不管什麼都可以，也沒有任何限制，充分發揮各位的想像力……在三分鐘內，把你想要的東西全都寫出來。」

響徹全場的歌曲進入了副歌的高潮部分，日光燈照亮了死氣沉沉的禮堂，參加者好像被歌曲的旋律鼓舞，同時拿起了筆。一男覺得好像在參加大學入學考試，被眼前的景象震懾了，但還是拿起了紙筆。

清償債務。家庭和樂。出國旅行。健康長壽。

雖然他一一列舉，卻完全沒有眞實感。想要的東西、想做的事、想去的地方。這些眞的是自己的渴望嗎？一男有點不知所措，偷偷瞄向坐在自己左側的中年男人和右側上了年紀的女人寫的內容。

環遊世界。豪宅。幸福的家庭。

只看到片斷的文字。

一男感到很難過，這種難過漸漸變成了悲哀。

會場內所有的人，應該都寫下了大同小異的內容，每個人都爲了不著邊際的夢想和欲望追求金錢。

「盡可能具體寫下自己想要的東西和想做的事。」千住好像看透了一男的心情般說道，「金錢喜歡具體的夢想，如果只是模糊的夢想，金錢不願靠近。來吧，各位充分發揮各自的想像力，寫下更多、更具體的夢想，你的所有夢想將在不久之後實現。」

千住說得對。一男想道。

我們不知道自己想要什麼，卻想要擁有，或是不斷失去。大家拚命寫著自己的夢想，環遊世界、豪宅、幸福的家庭，但其實並沒有任何想去的地方，只是想離開這裡，去某個地方而已，期待金錢能夠讓這些不著邊際的夢想和欲望變得更眞切。

三分鐘在轉眼之間就結束了，千住拍了拍手，參加者如夢初醒般抬頭看著他。

「各位……你們剛才寫的夢想……都可以實現，但是，首先需要下決心，要決心告別以前的自己，成爲一個全新的自己……方法只有一個。」

站在台上的千住在每句話之間都停頓很久，每個參加者都在等待他的下文。

「先請各位拿出一萬圓，然後拿在雙手。」

所有人都彎下腰，從放在腳下的皮包或是長褲口袋內的皮夾中拿出一萬圓。一男想起課程通知的電子郵件中提到「除了參加費以外，務必帶一萬圓紙鈔前來」。接下來有什麼儀式嗎？

「各位將要拿到邁向嶄新人生的通行證，只要有人下定決心，將由我親自發行一張通往億萬富翁新世界的通行證。在座的各位……有沒有人已經下定了決心？」

幾秒鐘的寂靜。不一會兒，最前排響起一個響亮的聲音。「我！」一個矮胖男人舉起了手。

「那就請這位先生……到我的面前來……然後，請用雙手高舉這一萬圓。」千住說完，讓那個男人站在他面前。那個胖男人看起來三十多歲，滿臉疲憊，只有一雙眼睛很不協調地發亮。「接下來，這張一萬圓將成爲你邁向嶄新人生的通行證，但目前只是普通的一萬圓而已，接下來，我要你……擁有超越金錢的力量。」

全場所有人都用夾雜著不安和期待的興奮眼神注視著千住，千住似乎感受到所有人的心情，大聲地說：

「所以……現在請你撕了這張一萬圓。」

會場頓時騷動起來。我們是爲錢而來，卻要撕錢嗎？我做不到，也不想這麼做。所有人的心聲都聚集在一起，形成了無法用言語表達的騷動。

從出生到死亡，到底有多少人撕過一萬圓？一千個人中應該也沒有一個吧？想必其中存在著信仰，就像無法燒掉宗教畫，無法破壞佛像一樣。紙幣雖然只是紙張而已，但是，對金錢的信仰禁止我們撕錢。

站在千住面前的男人和其他眾多參加者一樣感到困惑，拿著一萬圓愣在那裡。這時，千住突然大叫起來：

「快撕！你這個窮光蛋，趕快撕錢！馬上給我撕！！！」

千住露出像野獸般的表情，口沫四濺地大叫著。那個男人被他驟變的態度嚇到了，手上的一萬圓掉在地上。千住粗暴地撿起一萬圓，塞到男人的臉前繼續大叫著：

「撕啊！馬上給我撕！難道你還想繼續留在貧民窟嗎！！！」

男人用手指拿著一萬圓的上方，他的手指在發抖，淚水從他的眼中流了出來。他陷入了恐懼和混亂，勉強繼續站在台上。

「快啊！快啊！快啊！快啊！」

背景音樂的音量越來越大。千住繼續叫囂著。他扭曲的叫聲透過麥克風，從擴音器傳遍整個禮堂。男人閉上眼睛，發出呻吟，把一萬圓撕成了兩半。

「嗚噢噢噢噢！！！幹得好！！！」

千住做出極度誇張的勝利姿勢後，緊緊抱著那個男人。那個男人流著眼淚，兩隻手分別握緊被撕成兩半的一萬圓紙片，他好像渾身癱軟，無力地跪在地上。千住把他抱了起來，動用了臉上所有的表情肌，擠出一個燦爛的笑容，然後帶著笑容淚流滿面。

「你戰勝了金錢，從今以後，不再是金錢的奴隸，開始支配金錢。你今天邁出了一大步。歡迎你……來到億萬富翁新世界。」

男人和千住一樣淚流滿面，一次又一次說著：「謝謝。」千住輕輕抽走男人緊握在手的半張一萬圓，然後面對參加者，高高舉起那半張錢。那張紙片上畫著福澤諭吉，看起來就像是肖像畫。

「這半張由我保管，另外半張由你自己保管，這象徵了你我之間的關係。這兩張紙分開時沒有任何價值，只是普通的紙，只有當我們在一起時，才具有價值。從現在開始，我們將一起去億萬富翁新世界探險。」

那個男人還在哭，渾身仍然顫抖不已，但臉上已經露出了笑容。當他走回自己座位時，會場內響起如雷的掌聲。千住面帶笑容地看著大家鼓掌，當掌聲停止後，他繼續說道：

「你們……是爲了成爲有錢人而來到這個世界！」

千住把手伸向參加者說：

「請你們和我一起高喊！」

所有參加者都不加思索地叫了起來。

「我們是爲了成爲有錢人而來到這個世界！」

「我們是爲了成爲有錢人而來到這個世界！」

千住高舉拳頭，再次重複叫喊著。

參加者整整叫喊了一分鐘。有人興奮得滿臉通紅，有人一臉幸福的笑容仰望天空，也有的人流著眼淚，不知是喜還是悲。每個人都大叫著，一個接著一個開始撕一萬圓。

這簡直是異樣的景象。每個人都笑著大喊，流著淚撕一萬圓。

大合唱持續了一陣子，千住看到幾乎所有人都把一萬圓撕成了兩半後，舉起了雙手。所有人都安靜下來，注視著他。千住巡視每一個「信徒」的臉後，靜靜地開了口：

「歡迎你們來到億萬富翁新世界，你們是爲了成爲『幸福的有錢人』而來到這個世界。」

長達四個小時的「第一堂課」結束了。

千住高舉著雙手離開後，前一刻爲止，像石像般一動也不動地站在舞台兩側的兩個男人（和千住一樣，也穿著黑色西裝和黃色高領毛衣），好像突然擺脫了女妖梅杜莎的詛咒般動了起來。他們走上舞台，一口氣說了起來。

今天這堂課能不能對你們的人生發揮作用，完全掌握在你們的手上。只要能夠繼續參加後續的課程，將可以更穩當地踏上億萬富翁之路。今天晚上有億萬富翁導師千住的個別輔導課程，導師將撥冗指導每一個人，能夠更深入瞭解「金錢和幸福的答案」。如果想要改變人生，請務必參加。參加費用每人四十萬圓。

兩個男人輪流把臉湊到麥克風前說話，滑稽的樣子好像在表演相聲，但一男笑不出來。那兩個男人時而嚴肅，時而哀傷，最後露出了笑容。喜怒哀樂都像是事先設計好的記號，一男突然想起在摩洛哥遇見的那個少年的臉。因爲表情太生動，只有經過多次的磨練，才能造就如此爐火純青的表情。

兩個小時後，一男走在夜晚的街頭，尋找那對相聲搭檔指定的場所。他決定支付四十萬和千住見面。

四十萬圓。那是一男工作一個月的代價。相當於工廠的四千個麵包、女兒學芭蕾一年的學費、債務的三個月利息，他不認爲這是適當的金額，但世界上所有事物的價值，都是由人心決定。

天才投資家喬治·索羅斯曾經說過：「支配市場的不是數字，而是人類的心理。」人類的欲望和恐懼決定了事物的價值，「和千住面對面的數小時」之所以會標上四十萬的價格，就代表的確有相當於這個價值的「欲望和恐懼」。

百貨公司、西裝量販店、電玩中心、KTV、家庭餐廳、色情按摩店、鞋店、書店、居酒屋、便利商店。人類的欲望好像馬賽克般雜亂地組合在一起，閃著五光十色。一男獨自搖搖晃晃地走在人群中，欲望的馬賽克在他眼中變得模糊，自己的幸福也變得模糊不清。清償債務、和妻子破鏡重圓、和女兒共同生活，一切都漸漸離去。

三億圓消失後，一男幾乎不分晝夜、不眠不休地工作。他的意識因為睡眠不足和疲勞而混沌不清，不時感受到強烈的反胃。在這個國家，只要踏出家門，錢就會在轉眼之間消失。這幾個星期，他已經花了五十多萬。也許無論怎麼尋找，九十九帶走的三億圓都不會回來，但一男已經別無選擇。

這條小巷好像影子般躲藏在巨大的購物大樓，和擠滿閃爍霓虹燈的街道縫隙中，那裡就是指定的地點。那是一個小劇場，大門充滿江戶時代的味道，門口豎著「今日包場」的牌子。一男經過牌子旁，走進昏暗的劇場。

他穿越大廳，打開了劇場的門。觀眾席沒有燈光，劇場內一片漆黑。一男忍不住抖了一下。他感受到一股讓人凍結的寒意。雖然在室內，但這裡的空氣比外面更冷。他定睛細看，發現舞台上設置了高座，兩側放著蠟燭。只有那兩根蠟燭晃動的火光照亮整個劇場。鬼故事。這幾個字浮現在一男的腦海，他緩緩巡視劇場內，發現原本以爲空無一人的觀眾席上有一個人影。那個人影坐在前方中央的座位，身穿黑西裝，一頭黑髮梳得油油亮亮。他是千住。

一男靜靜地在千住旁邊坐了下來。

「歡迎你……來參加私人課程。」

千住沒有轉頭看一男，看著前方說道。他的視線看著舞台上的高座。即使只有他們兩個人，千住仍然維持著白天在台上說話時獨特的拖拉節奏。

「呃……我是……」

「我知道。很高興認識你……一男。」

「千住先生，我今天是來向你打聽九十九的事。」

「……以前，我和九十九經常來這裡。他眞的很喜歡落語，無論再怎麼忙，都會抽空邀我一起來觀賞落語。我原本對落語完全沒有興趣，但在陪九十九觀賞了一段時間後，也漸漸愛上了，現在可以算是落語愛好家。他經常說，我是第二個受到他的影響而喜歡落語的人，還說另外一個人也是他的好朋友。」

一男終於瞭解千住爲什麼會指定這裡。

同時覺得他一定掌握了能夠找到九十九的線索。

「我正在找九十九，因爲他帶著我的三億圓消失了。我欠了三千萬的債務，無論如何都必須找到他，把錢要回來。請你告訴我關於九十九的事，即使是以前的事也無妨，也許可以成爲找到他的線索。」

「……你先別著急，我想我知道你爲什麼願意付這麼多錢來這裡，我也打算告訴你九十九的事，但在此之前……我認爲首先必須和你談一談我的事。」

「請你告訴我，我想知道你爲什麼會成爲九十九的好朋友。」

「好朋友……這個字眼很難啊。我們也許曾經是好朋友，也曾經有過這樣的夢想。你看到我剛才的樣子，一定很輕視我吧，甚至可能對九十九爲什麼有我這種好朋友產生疑問。」

一男沒有說話。當內心的想法被人說中時，根本不需要回答。

「我現在爲什麼會用這種方式生活，其中是有原因的，差不多是像短篇小說一樣的故事，但九十九也會在這個故事中出現。我想要告訴你……你願意聽嗎？」

「我洗耳恭聽。」一男回答。

「好吧。」千住小聲嘀咕，看著蠟燭的火光說了起來。

「十幾年前，我出了車禍，我的好朋友也因此身亡。他和我一起長大，也是我當時人生中唯一的好友。當時我還是大學生，在失去好友之後，無法原諒自己仍然一如往常地過日子，也無法原諒自己繼續活著。我向大學申請了休學，開始四處旅行。從北美大陸到南美大陸，靠著搭便車和打工，持續旅行了兩年，但在抵達南美大陸最南端的城市烏斯懷亞時，我的錢用光了。南極近在眼前，我卻身無分文，無法動彈，當時，我發現了一件事。」

「你發現了什麼？」

「我的旅行沒有目的地，只是想要逃避失去好友的現實，於是，我回到了日本，當然必須工作養活自己，但我很清楚，我這麼懦弱，根本無法適應普通的公司。我看了幾家新創公司的網站找工作，結果看到了古怪的徵人啓事。」

「怎麼古怪？」

「『徵求能夠信任的人，我能夠信任的人，和能夠信任我的人。』那幾個毛筆字寫得很醜，卻蒼勁有力，讓人忍不住看得出了神。那是九十九寫的徵人條件。」

「的確很與眾不同。」一男忍不住笑了起來。

「沒錯。」千住也淡淡地笑著，繼續說道：「不光是徵人啓事很古怪，錄取的方針也同樣古怪。他總共錄用了三個人，既沒有面試，也沒有審核履歷，九十九根據我們應徵的先後順序錄用了我們三個人。我是第一個，其次是百瀨，最後是在派對上認識的十和子。」

「先搶先贏的意思嗎？」

「不，並不是這樣。九十九曾經多次對我說：『因爲我想要徹底相信前來應徵的人。』聽到他這句話，我覺得神寬恕了我，我終於擺脫了失去好友，只有我自己繼續活在世上的罪惡感。我在九十九身上感受到和自己相同的『哀傷』，我覺得九十九和我發自內心地在尋求自己能夠相信的人，更渴望能夠相信自己的人。」

千住充滿懷念地說道。劇場內仍然很冷，吐出的氣也都是白色。

「我想你已經知道我們的公司之後迅速發展，生意方面一切都很順利，我們靠信任結合在一起，彼此之間絲毫沒有懷疑，只要努力向前進。百瀨用技術實現九十九想到的點子，由十和子負責宣傳，再由我推動業務，公司不斷擴大，那是建立在信任基礎上的完美合作。尤其我覺得自己和九十九之間有特別的信任，因爲對九十九來說，我是他『第一個可以相信，也願意相信他的人』，正因爲這樣，一旦我們失去彼此的信任，我們之間的關係也就結束了。」

「……到底發生了什麼事？」

「公司好像在玩翻倍遊戲般不斷壯大，在四年後的某一天，九十九緊急召集十和子、百瀨和我開會，他告訴我們，有一家大型電信公司願意用數億的金額收購我們公司，同時告訴我們，他已經當場拒絕了。我們其他人完全沒有異議，因爲我們並不想出售自己的夢想，但是，那家電信公司並沒有輕言放棄，他們採取了各個擊破的策略，分別與我、十和子和百瀨接觸，提出了收購的方案。他們提出的金額從數億增加到數十億，最後加碼到將近百億。當對方提出一百億的金額時，我記得自己眞的開始動搖。高爾基曾經說：『沒有無法用錢收買的人，問題在於金額。』我覺得內心深處湧現了難以抗拒的欲望，似乎在證明高爾基的這句話。他們提到了一旦同意公司被他們收購，我將會有一個充滿希望的未來。可以開更大的公司、可以去南國過隱居生活、可以身爲名人，對社會有所貢獻，這些都是由金錢打造的『充滿希望的未來』。」

「聽說你們的公司最後被收購了。」

「沒錯，因爲我們背叛了他。」

「爲什麼？」

「當時，我已經體會到金錢能夠帶來的快樂。」千住閉上眼睛說，「住在摩天大樓的頂樓、開高級進口車，整天大啖美食，和美若天仙的女人上床。他們非常瞭解我的狀況。別人可能比我更早背叛，到時候，我只能拿不到一半的金額。他們不斷威脅我，要求我在下一次董事會之前的一個月內做出決定。我苦惱不已，『徵求能夠信任的人，我能夠信任的人，和能夠信任我的人。』九十九的話就像咒語般不斷在我內心迴響，九十九得知電信公司的人分別找上了我們，爲此感到傷心，他煩惱不已，整天爲此悶悶不樂。在召開董事會一個星期前的某一天，他說他要去和電信公司談一談，就突然消失了。」

千住深深地嘆了一口氣。不知道是否嘆息造成了空氣流動，蠟燭的火光搖晃起來，一男覺得燭光的搖曳象徵著千住的內心。

「即使打電話、傳電子郵件給九十九，他都不回覆。百瀨、十和子也都陷入了混亂。這時，我第一次懷疑九十九，擔心他會偷跑。我們之間的關係建立在『信任』的基礎上，一旦開始懷疑，我們的關係也就結束了。在九十九失去消息的六天後，也就是董事會的前一天，我在同意收購公司的文件上簽了名。百瀨得知我搶先同意後，對我的背叛感到憤怒，也嚴厲責備我，但那天晚上，他也終於放棄抵抗，也在文件上簽了名。十和子放棄了決議權，交給我們處理。在得到董事的同意後，收購這件事也就拍板定案了。」

蠟燭的火光繼續搖晃著。千住注視著火光繼續說道：

「我感到害怕，害怕失去即將到手的數十億圓，更害怕遭到九十九的背叛。九十九一旦背叛我，把我和世界連結在一起的東西就會從腳下崩潰，這種恐懼破壞了我們之間的信任。」

「但這也是情非得已啊，因爲九十九下落不明，你難免會懷疑遭到了背叛。」

「也許吧，但他在試探我們。」

「試探？」

「沒錯。九十九什麼都沒變。」

「……什麼意思？」

「他希望能夠相信我們，所以下了最後的賭注，然後暫時失蹤了……」

「之後又回來了嗎？」

「沒錯，九十九回來了，在董事會當天出現了，也就是我們已經簽字的隔天早晨，但是，當時我們已經決定要賣掉公司。九十九在董事會議上得知這件事時，露出了悲傷的表情，然後在桌上留下一張紙後離開了。就是那張徵人啓事的紙。『徵求能夠信任的人，我能夠信任的人，和能夠信任我的人。』百瀨看了之後，忍不住嗚咽，十和子也流下了眼淚，但我並不感到難過，一滴眼淚也沒流。只是忍不住詛咒神，相信他人竟然這麼難。當時，我知道自己背負了極大的罪孽，因為罪孽太深重，所以也奪走了我的眼淚。」

千住說完後，再度深深地嘆著氣。

就在這時，一個身穿和服的男人出現在舞台旁，悄悄地走上高座。這位年邁的落語家身體瘦如鐵絲，臉頰也凹了下去，讓人擔心他是不是快死了。他和服的紫色袖子飄動著，好像晾在晾衣竿上。燭光映照在他的臉上，一男仔細一看，發現他以前曾經是赫赫有名的落語家。落語家在座墊上坐下後，沒有說開場白，就直接開始說故事。

「以前，有一個又窮又沒出息的男人，他不好好工作，卻花錢如流水，所以被老婆趕出家門……」

一男立刻想到，那是「死神」的故事。九十九很喜歡這個故事，所以經常表演。這個故事讓人完全笑不出來，但和「芝濱」一起演，就變得很有趣。九十九曾經說，兩個都是關於錢的故事，這就是人性。

被老婆趕出家門的窮男人打算一死了之，死神出現在他面前。「與其去死，不如讓我教你賺錢的方法。」於是，男人得到了看見死神的能力。男人當了醫生，四處診治病人。當看到死神出現在病人床頭時，就告訴病人還有多久可以活；如果死神出現在床尾，他就用咒語趕走死神。當他說中病人還有多久可活時，家屬都感到驚訝；當他治好病人的疾病，就對他感激叩拜。他轉眼之間就變成了有錢人。

落語家琅琅說著故事，千住靜靜地開了口，似乎把落語家的表演當作背景音樂。

「我們爲什麼爲了區區百億圓，賣掉了我們的夢想？我至今仍然希望回到當時，當時，我們周圍有很多人追求股票上市，或是讓大企業併購公司，自己發大財。他們起初也有眞正想要做的事，有自己的夢想才成立公司，但久而久之，高價出售自己的公司和夢想變成了他們的目的。九十九知道這件事毫無意義，他知道夢想和信任一旦出售，就再也無法買回來。我們應該也充分瞭解這件事，但最後還是爲了錢，出賣了自己的夢想。我出賣了靈魂，背負了深重的罪孽。即使九十九直到最後一刻，都始終相信我們。所以，我至今仍然希望回到當時，一切重新開始，但這當然是不可能的。失去的信任無法再找回來，時間也無法倒轉，失去的錢卻可以再賺回來。」

一男突然想起那部電影的結局，那個摩洛哥老人說的話。

人生在世，往往並沒有發現自己最多只能再看二十次滿月這個事實。

「千住先生，你現在為什麼會做那種像宗教的事？不是在向陷入困境的人榨取金錢嗎？」一男忍不住用責備的語氣問道。

「你說得對。也許你覺得我自相矛盾，但我目前所做的一切，是在對九十九贖罪，就好像為了三十枚銀幣就出賣耶穌的猶大一樣，我決定守住背叛九十九而得到的那些錢。我拒絕支付稅金，成立了好幾家空殼公司，也在被稱為避稅天堂的中美洲群島設立了公司，不斷遊走在法律邊緣。最後，我終於成立了宗教法人，就是億萬富翁新世界。」

昏暗中，落語家在燭光下繼續說著「死神」的故事。

那個男人變成有錢人後，把妻兒趕出家門，包養女人，為所欲為地過日子，但很快就把錢用光了。這時，有一個富翁請他去看病。男人前去一看，發現死神在病人的床頭，男人告訴病人，他還可以活多久，病人拿出很多錢，拜託他說：「請你務必想想辦法。」被金錢迷惑的男人把床掉了頭，硬是把死神趕走了。病人很快就恢復了健康，男人得到了很多錢。他難得去喝了杯酒，心情大好地走在路上，死神叫住了他。

觀眾席上只有一男和千住兩個人一臉嚴肅地聽故事。落語在寂靜中繼續說了下去。

「錢和神很像，」千住說，「兩者都沒有實體，都建立在人的信用和信仰的基礎上，所以無論是錢還是神都一樣，錢只是把人類的欲望偶像化。」

一男想起白天的會場，牆上掛著班傑明·富蘭克林和福澤諭吉的肖像，幾乎相同價值的紙幣被撕成兩半，排列在畫框內。

「我爲了逃稅而成立了這個僞宗教團體，但在假扮教主之後，信徒漸漸增加，我覺得是我的罪孽吸引了他們。」

吸引他們是千住的罪孽，同時也是金錢。金錢有時候會賦予一個人才華。

「原本只是爲了逃稅而成立僞宗教團體，但漸漸愛上了宗教的樂趣。對信徒說話時，我可以有活著的感覺。」

「死神」進入了高潮。

死神帶著身懷巨款的男人來到洞窟，洞窟內有無數蠟燭。蠟燭有長有短，燭光微微搖曳。「這就是人的壽命。」死神說。只剩下一半長度的是男人妻子的蠟燭，很長的那一根是他兒子的蠟燭。旁邊有一根很短的蠟燭，而且那根蠟燭快熄了。男人一問，死神告訴他：「這就是你的壽命。」因爲他被金錢迷惑，所以和將死的病人交換了壽命。

男人著急起來，向死神乞命：「請你幫幫我，付多少錢都沒關係。」

「已經交換的東西就無法再換回來，你快死了。」死神冷冷地對他說，「但這裡有一些燒剩的蠟燭，你可以試著連接起來。順利的話，或許可以多活幾天。」

男人拚命把燒剩的短蠟燭連在一起，試圖延續自己的生命，但他顫抖不已。

「你爲什麼一直發抖？你一抖，火就會熄滅。火熄滅了，你也就死了。」

死神笑了起來。

男人拿著蠟燭，搖搖晃晃地走著，火光無力地搖曳。

「那就是我。」千住目不轉睛地看著落語家說，「那個小宗教的信徒就像是燒剩的蠟燭，我用這種方式，靠著把那些殘存的蠟燭連在一起而得以生存。我信奉的也許不是神，而是死神。當時，我把靈魂出賣給金錢，還出賣了更重要的『信任』，所以，我受到金錢的詛咒，在那之後，我幾乎不再用錢。我賣了房子和車子，租了簡樸的房子一個人住。錢越存越多，和九十九分開之後，我的資產已經累積了十幾倍。我不知道該怎麼用錢，對這樣的我來說，守住錢這件事根本沒有意義，但我無法擺脫錢。這或許就是我背負的罪孽。我應該永遠都無法找到『金錢和幸福的答案』，我會花一輩子的時間，尋找這個答案，所以我會持續這個小型宗教，靠別人燒剩的蠟燭延續生命。」

「……千住先生，你是不是知道九十九的下落？也知道他爲什麼消失吧？最後，請你告訴我這件事。」

「九十九應該還是你認識的樣子，他並沒有逃走，他一直在你身邊。」

「千住先生，請你不要顧左右而言他！九十九在哪裡？你是不是知道？」

「你要相信，你已經接近了你正在尋找的答案，接近了九十九、三億圓的下落，以及金錢和幸福的答案，你很快就會找到答案，但是在此之前，你必須持續相信九十九。」

千住說完的同時，落語也結束了。

「快啊快啊，趕快接起來，否則火就會熄滅啊，火一旦熄滅，你就死了。啊……火熄滅了。」

落語家身體前傾，趴在地上一動也不動。

萬佐子的慾

一男在圖書館認識了萬佐子。

每週三傍晚，她就會來圖書館。非假日的圖書館沒什麼人，她每次都花一個小時左右巡視一樓到二樓的書架（每次的順序也都相同），挑選一本書，拿到櫃檯給一男辦理借書手續。

馬戲團寫眞集、太極拳教學規則、小提琴職人傳記、保加利亞文辭典、不動產經營指南、克林姆畫冊。

一男對她所借的書毫無脈絡產生了好奇，好幾次都忍不住思考，她到底根據什麼基準挑書，卻遲遲無法找到答案。

萬佐子每次只借一本書，既不會多借，也不會少借。她一個星期看一本，看完之後來還書，然後再借新的書。

她總是穿著材質很好，輪廓也很漂亮的洋裝，只穿黑、灰、白三種顏色。她總是身處黑白的漸層中，只到一男肩膀高度的臉蛋是小巧美麗的鵝蛋形狀，一頭短髮下，是宛如富有透明感的大理石般白皙的脖頸。一男覺得她身披金黃色的夕陽，像小貓般輕盈的節奏走在書架之間的身影很美。

在她借了十次看起來像是隨便亂選的書之後的某一次，她把一本又大又厚的書放在櫃檯。那本書的書名叫《塔吉鍋食譜》。一男忍不住「啊！」地叫了一聲。

「怎麼了？」

萬佐子問，她的聲音像小貓一樣輕柔。

「不好意思，因爲我也有這本書。」

聽到萬佐子的問話，一男手足無措地回答。

「啊？你用塔吉鍋煮菜嗎？」

「不，不是的，很久之前，我曾經去摩洛哥旅行。」

「所以就愛上了塔吉鍋嗎？」

「呃，不是這樣。出發之前，說到摩洛哥，就想到塔吉鍋……所以就莫名其妙買了這本書。」

「你去摩洛哥並不是爲了用塔吉鍋做菜吧？」萬佐子笑著說，她的笑容很調皮。

「當然不是。」一男在辦理借書手續的同時，一臉認眞地回答，「因爲我第一次去沙漠國家，所以可能有點緊張，內心感到很不安，所以看到關於摩洛哥的書，就全都買回家了。」

「其中一本就是這本《塔吉鍋食譜》。」

「是啊，說起來很蠢。」

「不會啊，聽起來很棒。」

萬佐子說完，把書抱在胸前笑了起來。在她嬌小的身體襯托下，那本書看起來特別大。

「呃……我可以請教妳一個問題嗎？」

一男注視著她的臉問道。因爲圖書館內沒什麼人，所以他們聊天也不會影響到別人。

「好啊，請說。」

「妳每次都借一些很特殊的書，我一直感到很好奇。因爲毫無脈絡，好像是隨便亂選的，所以我一直很想請教一下，妳是按照什麼基準挑選每次借的書。」

萬佐子露出有點驚訝的表情，隨即輕輕嘆著氣，看著一男。她臉上的表情好像是玩躲貓貓的小孩子被人發現了，只好很不甘願地走出來。雖然有點不甘心，卻又有點高興。

「你已經說出了正確答案。」

「什麼意思？」

「我就是隨便亂選的。」

一男無法立刻瞭解她這句話的意思，因爲在此之前，在那之後，他只見過這個隨便亂借書的人。

「因爲我完全沒有想看的書。」萬佐子好像在分享秘密的少女般小聲說道，「我沒有喜歡的東西，或是眞心想要的東西。」

「這種人應該很少。」

「我在百貨公司上班，大家都來百貨公司買各式各樣的東西，有人煩惱了一整天，終於挑選了一件商品，也有人只進來五分鐘，就把貨架從頭掃到尾，但是，他們都有共同點。」

「共同點？」

「他們在付了錢，拿到紙袋的瞬間，都會露出幸福的表情。他們或多或少都有喜歡的東西和想要的東西。我認爲這樣很棒，我也想找到自己喜歡的和想要的東西。」
深橘色的夕陽從二樓的窗戶照了進來，夕陽映照的灰塵好像金粉般飛舞閃爍，萬佐子看著飛舞的灰塵，靜靜地繼續說道：
「所以，每次來圖書館，我會慢慢花時間看完所有的書架，然後回到當天感覺最舒服的書架前，閉上眼睛，隨便拿一本書，再花一個星期把那本書看完。」
「妳現在找到了喜歡的東西和想要的東西了嗎？」一男問。
「沒有，目前還沒有找到，也沒有想要再看的書，或是想要擁有的書。百貨公司裡有無數商品，也有無數欲望，兩者之間存在著金錢，但我仍然只是看著這些東西來來去去而已。」萬佐子輕輕搖著頭。
「那……讓我爲妳代勞，我來爲妳尋找妳喜歡的東西和想要的東西。」一男笑著說：「我每個星期三，會選好一本書等妳出現。」

之後每週三，一男都會選出一本書，借給萬佐子。

佛洛伊德夢境診斷、如何種覆盆子、印度的建築、地平線寫眞集、聖誕老人的考試、外星人圖鑑、消失的市町村名辭典。

每天下班後，一男就在書架前走來走去找書。

他在選書時眞心希望萬佐子能夠喜歡什麼、想要什麼。

他們藉由各種不同的書進行交流，差不多半年後，萬佐子突然對一男說：「你不用再爲我挑選書了。」事出突然，簡直就像毫無預警的驟雨。

這句話傷害了一男。因爲他在不知不覺中愛上了萬佐子。

「想到以後無法再爲妳挑書，我很難過。」一男低著頭向她坦承，內心覺得很難過，「在思考要爲妳挑選什麼書的時候，是我最幸福的一刻。」

「……謝謝你。」

「所以，想到以後無法再透過書籍進行交流，我很難過。」

「我也一樣。」

「但是，妳……」

「你不要誤會，我每天只要想像你不知道爲我挑選了什麼書，就感到很幸福。」萬佐子注視著一男的眼睛說道，「但是你不必爲我擔心，因爲我現在終於發現了眞心想要擁有什麼。」

翌年，一男和萬佐子結了婚。

他們租了一間雖然老舊，但整理得很乾淨的公寓開始新婚生活。他們在同一張床上醒來，坐在同一張桌子旁吃早餐，然後出門上班。回家之後，分享一天中發生的事，然後做愛、睡覺。他們之間不再借書、還書，但發自內心地渴求對方。

兩年後，萬佐子懷孕了，醫生告訴他們：「是女兒。」

超音波照中的胎兒縮成一團，好像抱著什麼東西，好像抱著什麼重要的東西。一男和萬佐子爲這個圓形的胎兒取名爲「圓華」。

不久之後，圓形的圓華出生了，然後學會了站立、走路。和大部分幼兒一樣，圓華看到什麼，就想要什麼。父母碗裡的菜、店裡的玩具、路上的小狗，和同學的衣服。

萬佐子每次都問她：「妳眞的想要嗎？」圓華總是想了一下後回答說：「那我不要了。」不再堅持要那些東西。

圓華第一次堅持的事，是在她三歲時，提出想要學芭蕾。周圍的小孩都在學街舞和游泳，她去參觀了芭蕾教室後，深深愛上了芭蕾。那天之後，她只要一有空，就在家裡踮著腳走路，或是不停地轉圈。

但是，一男反對她學習這項才藝。因爲每個月要繳三萬學費，再加上每次發表會，就要花費數萬圓。他認爲學這項才藝不符合他們家庭的經濟狀況，萬佐子也表示同意，於是全家人都不再提學芭蕾的事。

一個月後，萬佐子突然說：「我想讓圓華去學芭蕾。」

萬佐子很少改變已經決定的事，一男從她說話語氣中感受到強烈的意志，驚訝之餘，還是問了她理由。

「那次之後，我每天都問圓華，是不是眞的想學芭蕾，非要學芭蕾不可嗎？」

「圓華說什麼？」

「她始終沒有改變，每天都說想學芭蕾。她向來都是思考之後做出決定，只要她接受，就會同意放棄。」

「但這次每天都說想學。」

「對，芭蕾是圓華出生以來，第一次發自內心想要的東西，我想要滿足她的願望。」

爲了讓圓華去學芭蕾，萬佐子又回去百貨公司上班。每天早晨，一男送圓華去幼稚園，萬佐子在傍晚接她回家。萬佐子負責下廚和洗衣服，一男負責打掃、洗碗和倒垃圾。圓華每週六去上芭蕾課，每年都會在很大的禮堂舉辦一次發表會。一男和萬佐子並排坐在觀眾席上，握著對方的手，看著圓華在舞台上跳舞。即使再怎麼奉承，也很難說圓華是優秀的芭蕾舞者，但看著圓華每年漸漸成長，一男感受到自己的家庭也在成長，爲此感到幸福。

三年後，一男得知了弟弟欠債落跑的事。

一男想要趕快清償債務，恢復正常的生活、正常的家庭。他們搬去房租比較便宜的公寓，壓低伙食費和水電瓦斯費，晚上開始去麵包工廠上班，已經無力再每個月支付芭蕾舞數萬圓的學費了。

一男煩惱很久之後，對萬佐子說：「不要再學芭蕾了。」但萬佐子搖了搖頭斷然拒絕說：「我不會要求她放棄芭蕾，我可以多找一份工作。而且我相信你應該知道，她的人生需要芭蕾。」

一男無法理解萬佐子的話，目前連吃飯都有問題，他不認爲圓華的人生需要芭蕾。

他們爲此發生了口角。還債生活已經超過半年，雙方內心都有不滿。雖然他們之前避談有關金錢的問題，小心翼翼地不去碰觸，但爲了圓華學芭蕾的事，壓抑許久的情緒一下子爆發了。

爲什麼拒絕父母的援助？爲什麼一個人扛下爲弟弟還債的責任？把家事和育兒都推給我，自己沒日沒夜地工作，你對幾乎無法見到圓華的日子有什麼感覺嗎？萬佐子嚴厲責備一男。

身爲哥哥，當然要一肩扛起弟弟的債務，這是我家的問題。現在盡可能多工作，趕快還清債務。我只是希望趕快恢復正常的家庭生活。一男一再爲自己辯護。

他們持續溝通了好幾個星期，但兩個人的爭論沒有交集，萬佐子終於在車站附近租了一間小公寓，帶著圓華離家出走了。一男也搬離了一個人住有點太大的房子，住進了麵包工廠的宿舍。

萬佐子決定搬離的那一天，圓華哭泣不已。她無法理解爲什麼一家人要分開生活。遇到悲傷的事時，大人能夠爲悲傷找到理由，讓自己走過悲傷，但年幼的圓華只能感到「難過」，所以她也只能哭泣。

離別的日子。

六歲的圓華被萬佐子牽著手，離開了家。

離開時，圓華回頭看著一男。她淚流滿面，一次又一次回頭，拚命向一男揮手。一男也拚命忍著淚水，用力向她揮手。多保重。我一定會去接妳們，全家人再一起生活。

那天之後，一男再也沒有見過圓華流淚。

$

一男來到約定地點的車站，等在驗票口，揹著紅色背包的圓華從樓梯上衝了下來。

圓華比約定的時間遲到了五分鐘。可能她很著急，淡粉紅色洋裝的下襬劇烈飄動。她衝下樓梯的雙腳還是小孩子的腳，一男很想對她說，不必在意遲到，慢慢走下來就好。

距離上次見到圓華有一個半月了。從那次決定命運的抽獎至今，已經過了一個半月。

那天三億圓當前，一男趁著酒興，在九十九家裡打電話給萬佐子。之後並沒有接到她的電話，她一定覺得那天的電話是一男喝醉酒之後的妄想。

九十九帶著三億圓消失，三十天來，一男持續尋找他的下落，展開了一場圍繞金錢的冒險。這三十天宛如一場噩夢。他親眼見到了十和子、百瀨、千住和「億萬富翁之後的人生」，這些和九十九一起發了大財的人，努力用自己的方式，尋找「金錢和幸福的答案」，但那並不是一男的正確答案。如果找不到九十九，就無法找回三億圓，也找不到「金錢和幸福的答案」。雖然一男找到了千住，卻還是無法得知九十九的下落。

「九十九一直在你身旁。」

千住只說了這句話，但並沒有透露其他的線索。一男覺得走投無路。

不知道萬佐子是否感應到一男內心的絕望，在他和千住見面的翌日，接到了她的電話。

「你和圓華見個面吧，她想見你。」萬佐子在電話中說。

圓華每次都突然想要見一男，然後萬佐子就會打電話聯絡他。但是，和圓華見面時，完全不覺得她很想見自己。也許萬佐子的「圓華想見你」只是她對一男的體貼。

一男和圓華走進車站前一家小型KTV。

兩個小時五百圓，飲料無限暢飲。圓華是小學生優惠價，只要半價兩百五十圓。一男付了兩個人的費用七百五十圓，走進了狹小的電梯。

這並不是知名連鎖店，而是一家個人經營的小店，雖然是白天，但包廂幾乎都滿了。從狹小的走廊隔著包廂門上的小窗戶，看到情侶依偎在一起唱歌，也有一群白髮老人拍著手唱歌，幾個女高中生在沙發上又跳又唱時，覺得自己像監獄的看守，或是動物園的飼養員。

走在前面的圓華腳步輕盈地沿著狹窄的走廊前進，她的紅色背包快樂地搖晃著。

在車站見面後，一男問她：「妳想去哪裡？」圓華毫不猶豫地回答：「KTV。下次我要和朋友一起去，所以要先偷偷練一下。」說完，她露出了笑容。一男好久沒有看到她孩子氣的笑容了。

以前住在一起的時候，一家人經常去KTV。每次都是圓華提議，萬佐子表示贊成，一男很不甘願地同行（一男歌唱得不太好）。向來沉默寡言的圓華一拿起麥克風，就變得很多話。

全家人最後一次去KTV是在三年前的聖誕節。

在家庭式義大利餐廳吃完飯，萬佐子說想去KTV。萬佐子難得喝了紅酒，可能有點醉意，所以心情特別好。她挽著一男和圓華的手，大步走進KTV，接連點了好幾首歌唱了起來。一男和圓華有點驚訝，但還是拍手、笑著，不時拿起麥克風一起唱。雖然只是去KTV唱歌而已，全家人臉上始終帶著笑容。一家三口擠在狹小的沙發上，一起唱了一首又一首。一男忍不住想，當時我們真的很幸福，但大部分「幸福」總是在失去之後才發現。

「喂，請給我一杯可爾必思。」圓華一走進包廂，立刻拿起對講機點了飲料，「還有……爸爸，你要喝什麼飲料？」

「呃……烏龍茶。」

「再一杯烏龍茶。」

圓華點完飲料，立刻拿起電子目錄，用觸控筆接連點了好幾首歌。

「妳好像熟門熟路嘛。」

「嗯，我偶爾會和同學，還有她們的媽媽一起來唱歌，但媽媽不知道。」

圓華拿著麥克風回答，聲音產生了回音，變成了三倍的音量彈了回來。她的聲音聽起來比平時開朗。

擴音器內傳出廉價的數位管弦樂，前奏又長又誇張，那是最近電台經常播放的芭樂歌。愛你愛到心痛，想要見你一面。這首情歌唱的是這樣的內容。

「圓華，妳唱這種歌嗎？」

一男忍不住問。

「爲什麼不能唱？」

「因爲這是失戀的歌啊。」

「爸爸，你在說什麼啊，我當然也有喜歡的男生啊。」

「是怎樣的男生？」

「踢足球的，跑得很快。」

「光憑這兩點，很難判斷是不是好男人，」一男的聲音幾乎被大音量的弦樂前奏淹沒，他提高了音量，「男人必須溫柔體貼！」

「即使溫柔體貼，跑不快也不行。」圓華微笑地說，「爸爸，你的運動能力不是很差嗎？整天都在看書，對我們這種年紀的女生來說，即使再怎麼溫柔體貼，即使再怎麼聰明都沒用，一定要跑得快才行。」

「爸爸以前也跑很快啊，還是接力賽的選手呢。」

「沒關係啦，不必在我面前逞強。」

誇張的前奏結束，圓華唱了起來。她的聲音細柔得像小貓，很像萬佐子。一男驚訝地注視著圓華。

圓華的目光追隨著螢幕上的歌詞高歌著，三年前，她連音都抓不準，如今卻高唱著情歌。

圓華接連唱著偶像歌手的歌、韓國流行歌和動畫主題曲。時而閉上眼睛深情高歌，時而站在沙發上又唱又跳。「爸爸，你也點歌來唱嘛！」被圓華數落後，一男也點了一首在大學時代聽過的芭樂歌，和創下百萬銷量的搖滾樂團的歌曲。當一男唱歌時，圓華又拿起電子目錄點歌。父女兩人持續唱著沒有交集的歌，兩個小時很快就過去了，包廂內的對講機響了。

您好，還有十分鐘就結束了，請問要延長嗎？要延長嗎？不要！啊，不要延長。和服務生交涉完畢後，一男向圓華提議：「我們來合唱一首歌。」父女兩人花了五分鐘看著電子目錄，很自然地決定了要唱的歌。

歌曲隨著輕快的前奏開始了。

Raindrops on roses and whiskers on kittens
滴落在玫瑰上的雨滴，小貓的鬍鬚
Bright copper kettles and warm woolen mittens
亮晶晶的銅水壺，暖呼呼的毛手套
Brown paper packages tied up with strings
用繩子綁起的茶色包裹
These are a few of my favorite things
這些是我心愛的東西

〈My Favorite Things〉。我心愛的東西。

那是萬佐子喜歡的歌。因爲成爲鐵路公司的廣告歌曲而一舉成名的這首歌，是電影《眞善美》中的插曲。

小孩子因為害怕打雷，來找擔任家庭教師的修女瑪麗亞。瑪麗亞唱了這首歌曲。這些是我心愛的東西，只要想起這些東西，就不會難過，也不會憂傷了。

三年前，聖誕節的夜晚。

萬佐子很開心、很幸福地唱了這首歌。

一男突然想起萬佐子在圖書館找書的樣子，那時候在圖書館走來走去，尋找「心愛東西」的萬佐子。

如今，我有「心愛的東西」嗎？

如今，萬佐子「心愛的東西」又是什麼？

身穿白色洋裝，繫上藍色緞帶的女孩

停在我鼻尖和睫毛上的雪花

銀白的寒冬融化在春色中
這些是我心愛的東西

當我被狗咬，被蜜蜂螫
當我感到憂傷時
只要想起「心愛的東西」
我就不再難過

看著圓華唱歌的樣子，一男想起了萬佐子那時候的身影。一男決定下次要問問圓華，她心愛的東西是什麼。

走出KTV時，街道已經染上了一片橙色。橙色是離別的顏色。一男送圓華去車站，黑色的影子拉得很長，在他們的前方移動。

「爸爸，你看起來很疲倦。」圓華說。

「會嗎？嗯，因爲我都沒什麼睡覺。」一男回答。

「發生了什麼事嗎？」

「爸爸的朋友……」一男沒有看圓華的眼睛，繼續說了下去，「他的錢被他的好朋友偷走了，是很大一筆錢，所以爸爸正在陪他找那個人。」

「是喔，好像很辛苦。」

「但爸爸的朋友也有錯，對方雖然是他的好朋友，但聽說已經有十五年沒見面了，他竟然把自己的錢交給這種人。」

「眞奇怪，十五年沒見面，還可以稱爲好朋友。」

「妳說得對，可能已經稱不上是好朋友了，爸爸的朋友一定被騙了，但他還不願意放棄，是不是很莫名其妙？」

一男苦笑著，圓華停下腳步，看著一男說：

「不會莫名其妙啊，」她靜靜地注視著一男的眼睛，「不管是爸爸的朋友，還是那個逃走的好朋友，應該都不是壞人。」

「……妳爲什麼這麼覺得？」

「因爲他仍然說那個人是他的『好朋友』，不是嗎？即使錢被偷走之後，不是還相信那個人嗎？所以我覺得他們都不是壞人……只是這樣覺得。」

到車站時，天色已經完全暗了。

一男和圓華在月台上等電車，目送圓華離開。這是他們之間固定的儀式。

不知道是否發生了意外，電車誤點了，月台上擠了很多人。日落之後，氣溫降低了好幾度，吐出的氣也變成了白色，被日光燈的燈光吸了進去。

爲什麼冬天的車站感覺這麼冷？是因爲白色日光燈的關係？還是灰色水泥地的影響？抑或是因爲車站是離別的地方？

「圓華，對不起，今天沒花什麼錢。」

「唱KTV很開心啊，今天的約會很不錯。」

「……有沒有叫媽媽買腳踏車給妳？」

「沒有，因爲你說要買給我。」

「對不起，爸爸……」

「不是現在，等爸爸有錢的時候再買給我，而且，有沒有錢和我沒有太大的關係。」

圓華從一男身上移開了視線，看著前方說。

「……對不起。」

一男覺得自己快被悲慘的感覺壓垮了，話也說不下去。

廣播中傳來通知，電車比原定時間晚五分鐘從前面的車站出發了。

「但是……」圓華仍然看著前方說，「等你還了債，就可以回來，對嗎？爸爸、媽媽和我又可以一起生活了，對嗎？所以爸爸現在才這麼努力，對嗎？所以，去KTV就很足夠了，也不需要腳踏車。」

圓華用有點高亢的聲音一口氣說完後，低頭輕輕握住了一男的手。她的小手變得冰冷。一男溫柔地握住了她的手。

「是啊……我們再一起生活，也會買腳踏車給妳。爸爸會努力的。」

「啊，對了，我差點忘了！」圓華突然大聲叫了起來，似乎要掩飾害羞，「媽媽要我問你，下星期天的芭蕾發表會，你要不要一起去？」

「啊？我可以去嗎？」

「嗯，好像可以。爸爸，你好久沒去參加我的發表會了。」

「嗯。」

「開心嗎？」

「開心啊。」

擁擠的電車駛進了月台，嬌小的圓華從人群的縫隙鑽進了電車。門關了，載滿乘客的電車緩緩駛離。圓華貼在車窗上，在狹小的空間內揮著手離去。一男忍不住露出笑容，用力揮著手。

相隔三年造訪的芭蕾發表會的會場似乎比以前更大了。

一對又一對親子走進會場，在這個喜慶的日子，到處都是笑臉、笑臉。大廳播放著雄壯的古典音樂，桌上堆滿了花束。

一男走進會場時，被久違的氣氛震懾了。會場雖然老舊，但很溫暖。

紅色的觀眾席、木造的舞台，水藍色的巨大幕簾。

八百個座位從前排開始慢慢坐滿了人，以盛裝的夫妻爲中心，還有學長、學姊，以及看起來像是祖父母的老夫婦。歡笑聲在會場內此起彼落。

一男巡視會場，尋找萬佐子的身影。這時收到了萬佐子的簡訊，「面對舞台，左側最後方。」轉頭一看，萬佐子坐在最後排的角落。

一男快步走上階梯，在萬佐子身旁坐下。

萬佐子把留長的黑髮挽了起來，露出像白色大理石般的脖頸。她的衣著並不花俏，但質感很好。黑色合身的套裝內是一件灰色圓領針織衫，搭配高雅的珍珠項鍊和珍珠耳環。認識她超過十年，但她仍然讓自己身處黑白漸層之中。

周圍的座位幾乎沒有人，即使坐在最後一排，也能夠清楚地看到舞台整體。座位的選擇很有萬佐子的特色，當大家都集中在前方座位時，萬佐子總是挑選最後方的座位；大家急匆匆時，她反而慢條斯理；眾人煩躁時，她格外冷靜。她並不是故意和別人唱反調，而是她知道這是「正解」，很自然地做出了這樣的選擇。

「圓華會緊張嗎？」一男坐下時，呼吸還有點喘。

「嗯，很緊張，不管練幾年都一樣。」萬佐子靜靜地露出微笑。

我們就像來欣賞女兒表演的正常夫妻。夫妻之間的對話就像是早晨一起起床，吃完早餐，一起搭電車來這裡。我們夫妻關係目前還沒有問題。

一男這麼告訴自己。

「三年沒來了。」

「是啊。」

「謝謝妳邀我來，我很高興。」

「因爲我希望你看看今天的圓華。」

會場內的燈光暗了下來，響起了漣漪般的掌聲。簾幕拉開，柴可夫斯基的〈胡桃鉗〉的音樂響起。八名少女從舞台旁跑出來，在舞台上跳了起來。三、四歲的少女跳起來不像「胡桃鉗」，反而像是上了發條的娃娃。答答答答答。無論旋轉還是跳躍，動作都很生硬。

「眞可愛，圓華以前也是這樣。」

「她學芭蕾已經六年了。」

「是喔，已經那麼久了嗎？」

「是不是堅持了很久？這是她第一次主動說要學才藝。」

「是啊。」

「你卻反對。」

「因爲學費太貴了，而且我原本以爲她很快就會放棄。」

「你猜錯了。」

音樂漸漸進入高潮，舞台上的小芭蕾舞者開始旋轉。這時，最後一排的嬌小少女突然跌倒了。不知道是否扭到了腳，還是因爲嚇壞了而動彈不得，被人揹著離開了舞台。一男不由得想起了圓華。

圓華在和那個少女相同年紀時，也曾經在舞台上跌倒。圓華跌倒後，蹲在舞台上不動了。音樂繼續響了好一會兒，簾幕才落下。表演結束後，一男和萬佐子急忙趕去後台，圓華在後台哭。爸爸、媽媽，對不起，我沒有跳好。說完，又繼續哭了起來。一男爲圓華擦拭眼淚，萬佐子緊緊抱著她。

「有一種懷念的感覺……」一男說。

「……是啊。」萬佐子回答。

「上次很對不起。」

「你是說電話的事？」

「對啊……那天我喝醉了。」一男苦笑著繼續說道，「但那天對妳說的話是真的，我很快就會有一大筆錢進來，可以償還債務，我們也可以重新生活在一起。」

「……是嗎？」

「是啊。錢可以解決所有的問題。」一男好像在對自己信心喊話，「之前，我一直對錢感到害怕，所以一直在逃避。即使負債累累之後，也一直告訴自己，有金錢買不到的東西，有比金錢更重要的東西，但我現在終於知道，只要有錢和掌控金錢的能力，所有的問題都可以解決。」

一男說道。他決定無論如何都要找到九十九，找回三億圓，到時候一定能找到「金錢和幸福的答案」。他向萬佐子宣布後，覺得越來越有真實感。

剩下的七名少女繼續在舞台上跳舞。

萬佐子茫然地看著那些少女，小聲地說：

「……我們眞的能夠因此得到幸福嗎？」

「一定可以。妳也許會擔心，一旦有一大筆錢，人生會偏離正道，但是，妳不必擔心，我一直在尋找金錢和幸福的答案，我聽了許多有錢人的故事。」

「所以……你得到那些錢之後，有什麼打算呢？」

「先清償債務，還要買房子，之前讓妳們吃了不少苦，所以妳們想要什麼，統統買給妳們，也可以買車子，可以去旅行，吃任何喜歡的食物，但要小心不要讓金錢破壞我們的幸福。」

這時，萬佐子看向一男，她的眼神很銳利。

「果然……你果然變了。」萬佐子冷冷地對一男說，「對你來說，那筆債務實在太沉重了，足以讓你改變。你被金錢奪走了重要的東西。」

「什麼重要的東西？」

「你真的想要房子和車子嗎？你目前發自內心渴望的東西是什麼？」

我發自內心渴望的東西。當我擁有巨款時，想要什麼？

一男想起了千住的課程。

那些人寫下無數張「欲望清單」。

環遊世界。高樓大廈。高級進口車。避暑地的別墅。遊輪。頭等艙。黑卡。美女秘書。女傭。在城堡吃晚餐。整型不被人察覺。美鑽。絲巾。紅底高跟鞋。欲望在一男的腦袋裡大排長龍。

「我目前什麼都不想要，只想清償債務，然後回到妳們身旁，妳們想要什麼，就全都買給妳們。」

「你已經說出了正確答案。」

「什麼意思？」

「金錢奪走了你最重要的東西，就是欲望。」

「我聽不懂妳的意思。欲望會使人瘋狂，我看了很多有錢人都因此栽了跟頭。」

「欲望的確會使人瘋狂，但同時我們也是靠欲望才能生存。」

「我還是聽不懂妳的意思。」

「比方說，」萬佐子靜靜地繼續說道，「比方說，你今天帶了很多錢來這裡。等芭蕾發表會結束，離開會場，我們還清了債務，把所有想要的東西都買回家，照理說，不再需要任何東西了，不是嗎？但事實絕對不是如此。」

一男沉默不語，就像看不見戰況，只能傻傻地站在原地的士兵。

萬佐子似乎並不在意一男，淡然地繼續說了下去。

「因爲人類的欲望是活下去的動力。想要吃美食、想要去某個地方、想要某樣東西，我們因爲這些欲望而活。以前，我藉由看你在圖書館爲我挑選的書迎接明天、後天，靠想像下次想要看什麼書而活下去。當時，我們藉由借書、還書的行爲感受到幸福。我借了一本又一本的書，填滿內心的書架。當書架塡滿時，我終於發現了自己眞正渴望的東西，那就是你。」

〈胡桃鉗〉的音樂結束了，少女在舞台上深深鞠躬，會場內響起掌聲。溫柔的掌聲宛如輕風細雨。

「……只要重新找回那樣的生活就好，我們一定可以破鏡重圓，金錢也可以發揮這樣的作用。」

「……你可能太認眞了。在欠債期間，無論白天和晚上都在想錢的事，所以錢佔據了你的內心，奪走了你『生存的欲望』。我原本以爲無論欠再多錢，即使你沒日沒夜地工作，我也可以忍受下去。我以爲只要每年能夠和你一起來看圓華的發表會，我們的家庭就可以繼續走下去，但是，你要求圓華別再學芭蕾了。也許在你眼中，這是一件小事，對我而言，卻是一件決定性的大事。因爲我確信你徹底變了，那時候，你想要丟棄我和圓華『生存的欲望』。」

簾幕再度拉起，燈光照亮了舞台。

身穿水藍色體操服的圓華走上舞台。

圓華身後還有另外三名少女，四個人站在舞台中央，深深鞠了一躬。

會場內響起了掌聲。

「我爲這件事道歉，但現在的我不一樣了。現在……一定可以讓妳們幸福。」

一男從顫抖的身體擠出聲音。

「我無法再和你繼續生活。」萬佐子嘆著氣說，她的眼神很悲傷，眼中沒有憐憫和輕蔑，表示自己只是在陳述事實。

「無論你得到多少錢，都無法恢復原來的樣子，我也一樣。要重新找回失去的東西很難，就好像我們無法再覺得借書、還書是幸福一樣。」

長時間的寂靜後，靜靜響起雙簧管的聲音。〈死公主的孔雀舞〉。這是拉威爾想像在西班牙宮廷跳舞的小公主所寫下的樂曲。每次下雨的時候，萬佐子就會聽這首樂曲，然後小聲嘀咕說：「每次聽這首樂曲，我就覺得眞正幸福的事，和眞正悲傷的事很相似。」樂曲喚醒了早就遺忘的記憶。

「圓華……能夠接受嗎？」一男用顫抖的聲音問，「我不認為她能夠接受。」

「……我昨天告訴她了。」萬佐子看著正在跳舞的圓華說，淚水從她的眼中流了出來，「圓華哭了，問了我好幾次，不能再像以前一樣嗎？但最後她終於接受了，叫我不必擔心她。也許我的決定錯了，也許爲了圓華，我應該繼續和你在一起，但這樣的生活讓我感到絕望。繼續這樣下去，我們將會一無所求，失去活下去的動力，最後也會失去愛情。圓華不應該和這樣的我們在一起，我不想繼續留在會逐漸失去的地方，所以，我決定要把書放進新的書架，爲了和圓華繼續活下去。」

〈死公主的孔雀舞〉。管弦樂演奏出悲傷而優美的旋律，好像這個世界的一切都受到悲傷和希望的祝福。圓華像小樹枝般的四肢盡情伸展，在舞台上跳著。她喘著氣，心跳加速，但仍然繼續跳著。

一男看著圓華的舞姿，不禁浮想聯翩。

來到人間，發出第一聲哭泣的圓華。蹣跚學步的圓華。吃飯時要求再添一碗的圓華。躺在一男腿上睡覺的圓華。揹著紅色書包奔跑的圓華。甩著仙女棒的圓華。在運動會上奔跑的圓華。在KTV唱歌的圓華。

離別的日子，哭著頻頻回頭揮手的圓華。

「我們又可以一起生活了，對嗎？」在車站月台上問一男的圓華。

她發自內心地希望我們仍然是一家人，這就是她「心愛的東西」，然而，此刻她知道我和萬佐子將分離，她知道了一切，獨自在舞台上跳舞。

淚水模糊了眼前。

「以前的萬佐子」出現在模糊的景象中。她的臉上露出溫柔而美麗的笑容，撫摸著隆起的肚子。那是圓華出生的一個月前。

我正在看書，萬佐子一邊打毛線，一邊看著我。圓華在萬佐子的肚子裡。

那是我們一家人的起點。圓華出生了，萬佐子的臉上露出幸福的笑容，我喜極而泣。謝謝，謝謝妳來到我們家。

我們搬去遠離都心，周圍有很多綠樹的公寓，經常在有很多遊樂設施的公園內玩耍，在河邊散步。一家三口去書店，我買了文庫本，萬佐子買了雜誌，圓華買了繪本。每人一本。回家的路上去定食店吃飯，然後召開家庭會議，決定下個假日要去哪裡玩，然後買幾個泡芙當作甜點，還有隔天早餐的麵包回家。當然也沒忘了去錄影帶店租老電影的錄影帶。回到家後泡個澡，看完電影，三個人躺成川字形睡覺。

那種日子一去不返了。無論三億圓、十億圓，甚至是一百億，都無法買回那樣的時光。

是什麼讓我們感到幸福？

讓我們活下去的動力又是什麼？

那是柔軟的浴巾、隨風飄動的窗簾、洗乾淨後，晾在陽台上的衣服、排放在一起的牙刷。剛出爐的麵包、香甜的蘋果、剛泡好的咖啡。一枝鬱金香、家人滿臉笑容的照片、動聽悅耳的音樂。

也許金錢可以買到每一樣東西，但只有和別人在一起時，才能感受到這每一樣東西所帶來的幸福。一個人難以成就這種幸福，必須和別人在一起，才能感受幸福的一刻。

圓華在舞台上跳著，繼續跳著。

對全家人來說，這是最後一次發表會。圓華很清楚這件事，所以她在台上跳得很賣力，盡力而跳。即使坐在遠處，也可以看到圓華的腿在發抖，氣喘吁吁。一男握緊雙手，看著女兒勇敢的身影。

這時，圓華的腳不慎勾到跌倒了。會場內響起短促的驚叫聲。

圓華一動也不動，仍然蹲在地上。

音樂殘酷地繼續著，如同那一天的翻版。一男似乎看到了三歲的圓華。加油！圓華，加油！他想要大聲對圓華說，卻無法發出聲音。

「圓華！繼續跳！」

這時，萬佐子叫了起來。會場內的觀眾都回頭看著她。

「圓華！加油！」

萬佐子似乎沒有看到全場的觀眾，她站了起來，哭著大喊。

不知道是否聽到了萬佐子的聲音，蹲在地上的圓華站了起來。她搖搖晃晃地站了起來，看著前方，挺起了胸膛，張開雙手，然後帶著堅定的表情跳了起來。

一男感到一陣難過。

加油！圓華！加油！一男在心裡一次又一次叫喊。淚水奪眶而出。不行。這樣不行，我也必須趕快鼓勵她。加油！圓華！加油！我應該跑去圓華身旁，緊緊地抱著她。但是，現在卻連話都說不出來，身體也無法動彈。

一男回想起圓華那天的身影。

圓華在後台哭泣。爸爸，對不起。媽媽，對不起。眞的對不起。

當時，萬佐子在後台緊緊抱著圓華哭了起來。一男爲圓華擦拭眼淚，也流下了眼淚。那一天，我們確確實實是一家人。

我們很快就不再是一家人了。

但此時此刻，我們和那天一樣流著淚。

億男的未來

「以前有一個魚店老闆是個好逸惡勞的酒鬼，他老婆整天罵他，老公，你別再喝酒，趕快去工作。你要出門做生意，我不想再過這種窮日子了。你趕快去魚市場。我不想去。你趕快去啦。那妳讓我喝個痛快，我就去魚市場。」

一身黑衣的九十九開始說落語。

一身白衣的一男坐在他旁邊。那是位在沙丘上的高座。

清晨，他們位在可以俯瞰摩洛哥廣大沙漠的沙丘頂上。兩個人並肩坐在一起，看著淡紫色的美麗天空。

九十九一如往常，像在唱歌般琅琅地表演落語。清晨的沙漠中，沒有任何聲音，只有九十九的聲音傳入一男耳中，好像在聽耳機。

「老公，早晨了，趕快起來，你不是說好要去魚市場嗎？幹嘛？吵死人了，我馬上就去啦⋯⋯菜刀呢？已經磨好了。草鞋呢？已經拿出來了。

眞是王八蛋，那我就出門了。喔，好冷好冷。」

魚店老闆手藝很好，只是太愛喝酒，整天喝得酩酊大醉，卻不出門工作，所以家裡很窮。他老婆終於忍無可忍，一大早就把他叫了起來，他只好很不甘願地出門去芝濱的魚市場進貨。但可能時間太早了，市場還沒有開。無奈之下，他只好在海邊打發時間，看到腳邊的海裡有一個錢包。撿起來一看，裡面有一大筆錢。魚店老闆樂壞了，立刻回到家裡，找來朋友喝酒、唱歌，最後又爛醉如泥地睡著了。

「老公，快起床。幹嘛？什麼幹嘛，你要睡到什麼時候？你吃吃喝喝的錢要怎麼付？這點小錢，只要用我撿到的錢去付就好了嘛。你撿到的錢？你在說什麼夢話，你不是一直在家裡睡覺嗎？怎麼可能？我記得我……啊……果然是這麼回事。怎麼回事？因爲你夢見自己撿到了錢，所以一起床就喝酒唱歌。我做了夢？對啊，你這個人眞是太沒出息了，竟然窮到做夢也夢見自己撿到錢。」

天空從淡紫色變成了群青色。

鮮豔的藍色宛如南國的大海。

「我竟然會夢見撿到錢，眞是太沒出息了。全都是喝酒誤事，從今以後，我不再喝酒，要努力工作。」魚店老闆決定洗心革面，從此滴酒不沾，「錢不可能從天上掉下來，要自己出門去賺。我徹底清醒了。」於是，他開始瘋狂工作賺錢。

天色漸漸亮了起來。太陽似乎就躲在茫茫沙海的地平線下方。九十九像唱歌般演完落語，在說完結局後，在沙丘頂的高座上緩緩鞠躬。

一男笑著用力鼓掌。

因爲發高燒而昏倒的一男在陶器店老闆的沙漠豪宅內醒了過來。醒來之後，九十九上門找到了他，至今已經過了幾個小時。

九十九渾身是沙，沖了澡之後，陶器店老闆給了他一件黑色衣服和頭巾。又搬了一張新的床到一男睡的房間，入夜之後，一男和九十九都上床睡覺。

但是，兩個人都睡不著。不知道是因爲太激動，還是窗外滿月的月光太明亮。應該是兩者皆而有之。他們誰都沒有說話，默默地注視著馬賽克圖案的天花板。

天色漸漸明亮，九十九翻了好幾次身，突然跳了起來。他穿上拖鞋走出房間，一男也急忙追了出來。

沙丘在滿月的月光照射下閃著銀色，九十九走上坡度很陡、綿延了數百公尺的沙丘斜坡，雙腳不時被沙子淹沒。一男也跟在他身後爬上沙丘。柔軟的沙子好像一隻手，不斷地纏住腳踝，無法順利向前走。漫長的夜晚奪走了沙漠的熱量，沙子都變冷了。

他們持續攀登斜坡。心跳快得驚人，口乾舌燥，茫茫沙海奪走了遠近的感覺，無論攀登了多久，都似乎無法接近沙丘頂端。他們連續走了十五分鐘，當視野開始模糊時，一男和九十九終於抵達了沙丘頂端。兩個人上氣不接下氣地並排坐在沙丘上。花了十五分鐘，呼吸才終於平靜下來。當呼吸恢復正常後，九十九突然開始表演落語。

「九十九，你的落語果然是最棒的。」一男說，「在教室聽你表演時也很棒，但在沙漠聽，有不同的感覺。」

「謝、謝謝你，我、我說了之後，也覺得舒坦多了。」

九十九又恢復了往常的結結巴巴，小聲地說。

「這是世界首場『沙漠落語會』。」

一男笑著說，九十九也跟著笑了起來，兩個人的笑聲在周圍迴響，似乎可以傳到地平線。

「你來找我，我眞的很高興。」一男看著地平線說。

「那、那時候，我四處找了半天，都沒有找到醫生，只能不知所措地回到陶器店，結果發現你不見了。我、我著急死了，拚命尋找你的下落，幸好最後找到你了。」九十九像平時一樣，低著頭說話。

「你是怎麼找到這裡的？照理說，根本沒有任何線索可以讓你找到這裡啊。」一男問。

九十九沉默片刻。沙漠仍然籠罩在一片寂靜之中，只要他們不說話，就是一個無聲的世界。

「我、我花了一百萬。」九十九靜靜地回答，「用了一、一百張一百美元的紙鈔。我沿途當散財童子，於是就有人帶我去找知道線索的人，也有人告訴我陶器店老闆的家在哪裡，還有人開車送我到半路。」

「你為什麼會有這麼多錢？」

「我、我現在有一億圓存款。」

「一億圓？」一男驚訝地問：「這是怎麼回事？」

九十九的父母都是老師，他們是很普通的家庭，他不可能繼承龐大的遺產。

「做、做股票。我從大二開始做股票，起初只是為了驗證正在研究的機率論，實驗性地玩玩而已，但我好像有這方面的天分，在大、大學二年級時賺了一千萬，三年級時賺了五千萬，最後終於超過了一億。」

一男驚訝不已。他和九十九整天在一起，自己竟然完全沒有發現他的另一面。一男說不出話，九十九說話也漸漸流利起來。這是除了在表演落語以外，第一次看到九十九說話這麼流利。

「所以，我和你一起旅行時，不願付錢給帶路的少年，或是在吃飯時計較一兩塊美金，還有搭計程車時討價還價這些事，其實對我來說，根本都無所謂。」

「九十九……你……」

「旅行的目的，不就是對這種事樂在其中嗎？想要一些小東西，然後討價還價，用越便宜的價格買到越開心。但是，我發現自己無法對這種事感到快樂。雖然有很多錢，想要什麼，就可以買什麼，但我對金錢失去了興趣。我對這樣的自己感到害怕，所以我才會那麼計較，讓自己對小錢也很執著。」

爲什麼九十九堅決不同意付錢給那個少年？一男內心的謎終於解開了，就像收音機終於調到了正確的頻道般豁然開朗。

九十九繼續說道，好像要把內心的話一吐爲快。

「但是，無論我怎麼執著，都無法發自內心地樂在其中，覺得這些事根本無所謂。如今我知道，有錢可以解決所有的事，所以對生存這件事也失去了興趣。」

「九十九……你什麼都沒改變，還是以前的九十九，駝背、很容易緊張，但可以表演最棒的落語。」

「不，不對，我應該已經變了，和那部電影一樣。『觀光客在抵達之後，就開始想回家，但旅人有可能從此不回家。』在金錢的世界，我已經不再是觀光客，而是旅人，我已經踏上了旅程，我相信是漫長的旅程，需要花很多時間才能回來。」

太陽從地平線升起。群青色的天空被乳白色的光團融化。延綿數千個沙丘在轉眼之間從紅色變成了橙色，進而變成了芥黃色。

朝陽太美了，一男瞇起眼睛，注視著朝陽。

從今以後，從今天的朝陽升起之後，我和九十九將生活在不同的世界。他產生了這樣的預感。

「九十九，我能夠爲你做些什麼嗎？」

「我希望你等我，我不認爲自己無法回來，但既然踏上了旅程，如果不徹底走完旅程，就無法找到回家的路。在市場找不到你，但又非找到你不可時，我決定要用錢找到你。那時，我決定了自己以後該走的路。從今以後，我要面對金錢，要徹底面對金錢，見識一下金錢的天堂和地獄，我會盡己所能，看看到底能不能發現金錢到底是什麼。」

「九十九……」

一男絞盡腦汁，也不知道該對九十九說什麼。

對一男來說，九十九是人生最初，應該也是最後的好友。九十九獨自煩惱、痛苦，自己卻無法爲他消煩解憂。他來這裡救我，我卻無法幫他。九十九將要遠離，我卻無法挽留他，甚至無法祝福他踏上旅程。一男覺得自己很沒用，淚水都快要流出來了。

「一男，你願意等我嗎？」

美麗的朝陽映照著即將分道揚鑣的兩個人，九十九注視著朝陽說：

「我會找到金錢和幸福的答案，然後一定會回來，到時候我們兩個人就是一百分的完美。」

$

咚。聽到有東西重重放下的聲音，一男醒了過來。

那是他參加完圓華的芭蕾舞發表會的回家路上，他發現自己坐在電車上睡著了。他太累了，今天感情起伏太大，大腦需要休息。

一男打算再度閉上眼睛時，再度聽到咚的一聲，有人在他旁邊坐了下來。

「腦筋急轉彎……」身旁的男人突然問道，「人類的意志無法控制三、三件事，你知道是哪三件事嗎？」

一男看著對面車窗上映照的「身旁的男人」。

他一身黑衣，一頭蓬亂的天然鬈髮，一雙像黑貓般的眼睛。是九十九。

因為太突然，一男不知道該怎麼辦。他很想立刻抓住九十九，但手指無法動彈。身體好像中了邪一樣失去了自由。一男用顫抖的聲音回答：

「死亡、戀愛，還有金錢。那天花天酒地時，你告訴我的。」

「答對了，但只有金錢有時候會和其他兩件事不一樣，你知道為什麼嗎？」

九十九就像在表演落語時一樣口齒清晰，好像在朗讀劇本。

「我不知道……九十九。」

「從人誕生的那一刻開始，就註定會有死亡和戀愛，但金錢是人創造出來的。人把『信用』變成了金錢。人類發明了金錢，把金錢視爲一種信用，使用金錢。既然這樣，你不認爲金錢就代表人類本身嗎？所以我們只能相信別人，在這個充滿絕望的世界，我們只能相信別人。」

「……九十九，這是怎麼回事？你爲什麼帶了我的三億圓消失了，你倒是說清楚啊。」

一男搞不懂太多事，不由得陷入了混亂，他希望九十九能夠向他說清楚所有的事。

「……一男，我們是在哪裡認識的？」

「落語研究社啊。」

「我最拿手的劇目是？」

「……芝濱嗎！」

一男想起來了。摩洛哥的沙漠、廣闊的沙丘、淡紫色的天空。

九十九琅琅地表演落語，表演的正是他最拿手的「芝濱」。

魚店老闆得知撿到巨款只是夢境後，洗心革面，開始努力工作。

魚店老闆的手藝很好，所以店裡的生意很快步上了軌道，三年後，把店重新改裝得很氣派。

那年除夕的晚上，魚店老闆娘從家裡拿出「那個錢包」，然後對魚店老闆說出了眞相，「我一直把這個錢包藏起來」。那一天，老闆娘看到老闆撿到一大筆錢，立刻不知如何是好。照這樣下去，魚店老闆一定會繼續好吃懶做，於是她趁魚店老闆喝得酩酊大醉，騙他說：「根本沒有撿到錢包，那是你在做夢。」

魚店老闆得知眞相後，並沒有責備她，反而很感謝她說謊讓自己重新振作起來。老闆娘流著眼淚，慰勞努力工作的丈夫，問他說：「要不要難得喝杯酒？」魚店老闆起初拒絕，最後情不自禁拿起了杯子，「嗯，好吧，那就喝一杯吧。」他把酒杯舉到嘴邊，突然放下了酒杯。然後說了這句話——

「不喝了，不然又做夢就慘了。」

電車上，坐在一男身旁的九十九說，臉上帶著之前在摩洛哥的沙漠上看過的靦腆笑容。

「你說想要知道『金錢和幸福的答案』，希望我教你怎麼用錢，所以我希望你去見見十和子、百瀨，和千住，希望你見到他們之後，聽聽他們的故事。雖然對你有點抱歉，但我事先通知他們，你會去找他們，只是由他們自己決定要對你說什麼。我希望他們和你分享各自的『金錢和幸福的答案』，希望你知道金錢會如何改變一個人。」

一男展開的這場為期三十天的金錢冒險已經結束了。「芝濱」已經結束了。

一男無言以對，九十九繼續說道：

「總而言之，卓別林說的完全正確，人生需要的只是勇氣、想像力，和少許金錢。具備了想像力，就能夠瞭解世界的規則，然後帶著勇氣踏進世界。只要具備了這兩點，只要少許金錢就足夠了。我認為這句台詞應該就是這個意思。他在得到龐大資產後寫的這句台詞是至理名言。」

「……你果然是九十九，我只是一而已。我贏不了你，一切都掌握在你的手裡。」

一男無力地說。

九十九目不轉睛地看著一男問：

「一男，你有沒有找到『金錢和幸福的答案』？」

「我還不知道，但我想這個答案應該在人的心裡吧。」

「你的回答既算是答對了，又算是答錯了。也就是說，金錢和幸福的答案並不是唯一的，每個人都有各自的答案。正因爲這樣，當我站在到底該相信別人，還是該懷疑別人的三岔路口時，我再度決定選擇相信別人。」

九十九注視著一男，繼續說道：

「是你讓我有了這樣的想法，我雖然找到了九十九個答案，卻無論如何無法拼出最後一片拼圖。一男，是你爲我補上了最後一片拼圖。我聽說了我的朋友和你聊了什麼，雖然你爲錢所苦，卻仍然願意相信我。這件事深深打動了我，讓我想要再度相信別人。我終於完成了金錢的旅程，可以回來了。我們兩個人在一起，才是一百分的完美。」

九十九像在唱歌般一口氣說完，當他說完時，電車剛好在車站停了下來。車站昏暗，沒有什麼燈。車門打開，冷風吹了進來。九十九把雙手插在口袋裡，無聲無息，像黑貓般動作輕柔地下了車。

一男無法動彈，目送他的背影離去。

「改天見……」

九十九小聲道別時，電車的門關上了。

九十九站在月台上，一男坐在座位上，注視著九十九。

他們相互凝望。

電車離開了，九十九抬頭仰望天空，一男也跟著抬起了頭，看到了上方的網架。

那裡放了一個熟悉的旅行袋。

一男拎著沉重的旅行袋下了車。

他沿著河邊昏暗的道路走了十五分鐘，走回麵包工廠的宿舍。九十九、十和子、百瀨、千住。他接二連三地回想起這三十天來所發生的事。每個人都追求金錢，被金錢所困，每個人都努力想要得到幸福。一男可以清楚回想起他們說的每一句話。

一男緩緩走上公寓的樓梯，打開了薄木板門。

眼前是兩坪多大的房間。

小貓馬克・祖克柏咪咪叫著走了過來，用爪子抓著一男手上的旅行袋。牠可能以爲裡面裝了貓食，當一男緩緩打開旅行袋，牠露出一臉「怎麼又是紙？」的表情轉身走到窗邊梳起了毛。

旅行袋和之前一樣，塞滿了一疊疊百萬圓紙鈔。

一男像以前一樣，慢慢把一疊疊紙鈔排在榻榻米上，榻榻米上全都是福澤諭吉。三百疊一百萬圓紙鈔，連同那天晚上花掉的錢，都物歸原主，回到了他的手上。

一男再度變成了「億男」。

他想像著世界上的「億男們」。

他很想問他們每一個人，眞的幸福嗎？

這個世界上，到底有幾個人找到了「金錢和幸福的答案」？

一男目不轉睛地看著整齊排列的福澤諭吉，想要尋找答案。

福澤諭吉的臉看起來既像在笑，又好像在哭。

$

過氣諧星鼓勵生病的芭蕾舞者：

「人生需要的只是勇氣、想像力，和少許金錢。」

卓別林說：

「奮戰吧！爲人生而戰！享受生命，享受痛苦。生命很美好，也很美妙。人免不了一死，也無法躲過活著這件事。」

一男和圓華走在商店街，回想起九十九告訴他的這句台詞。走在前面的圓華推著剛買的綠色腳踏車。那輛腳踏車對身材嬌小的圓華來說有點大，但終有一天，這輛腳踏車會「顯小」。

商店街的入口正在舉辦抽獎活動。三獎是腳踏車。一男和圓華看了一眼抽獎活動，走進腳踏車行，買了一輛綠色腳踏車。那是用失而復得的三億圓買的第一樣東西。

父女兩人來到河邊。

太陽已經下山，被染成灰色的草木在冷風中搖擺。幾個中年男人在河邊釣魚，一群少年在前方的運動場上踢足球。走上運動場前方的陡坡，是一條勾勒出和緩曲線的細長道路，有人在那裡慢跑，也有人帶著狗散步。

綠色腳踏車搖搖晃晃地騎在其中。

圓華雙腳發抖地踩著踏板。她可能還不習慣騎大腳踏車，所以不懂得如何使力，踩起來很無力。腳踏車的把手左搖右晃。一男跑過去，在後面推著腳踏車。腳踏車緩緩騎了出去，一男小跑著跟在後方，但漸漸拉開了距離。一男放棄追趕，停了下來。圓華嬌小的背影和腳踏車一起遠去。一男喘著氣，目送她的背影離去。

卓別林說：

「人免不了一死，也無法躲過活著這件事。」

既然這樣，我們就只能爲人生奮戰、痛苦，然後繼續活下去。

帶著勇氣和想像力繼續活下去。

圓華的背影越來越遙遠，也許已經追不上了。

竟然離得那麼遙遠。

一男回過神時，發現自己跑了起來。起初只是慢慢地，但越來越有力，越跑越快。

他還想和圓華、萬佐子繼續生活在一起。

希望仍然一家人。

他無法放棄。

當他看著圓華漸漸遠去的背影時，他想要追回來。

他有很多錢，但至今仍然找不到想要的東西。

但是，想要追回失去的東西這種「欲望」讓他有了生命的動力。

讓他跨出一步，再一步，讓他繼續向前。

一男不顧一切地奔跑著。

在河邊散步的老夫婦和參加完社團活動，放學回家的高中生都看著一男笑了起來。

一男奮力奔跑的樣子和假日河岸平靜的氣氛很不相襯。他咬緊牙關，氣喘如牛，追著圓華的背影拚命向前奔跑。

「爸爸，你怎麼了？」

圓華驚訝地問。

一男不知不覺已經跑到腳踏車旁。

「爸爸不是說過嗎？爸爸跑得很快！」

一男上氣不接下氣，但笑著大喊。

「爸爸，你別逞強了！太不像你了！」

圓華調皮地笑了笑，用力踩著踏板。

綠色腳踏車開始加速。

一男奔跑著，拚命追趕著。

他的腳底發麻，肺部開始疼痛，全身都可以感受到心痛。

他笑了起來，眼淚卻流了下來。

「沒騙妳！爸爸以前是接力賽選手！」

一男甩動雙臂，向前奔跑。

他追上了腳踏車，身後揚起一陣泥土。

春日
ハルヒブンコ
文庫
31

億男

億男 / 川村元氣作 ; 王蘊潔譯. -- 初版. -- 臺北市 :
春天出版國際, 2016.08
面 ;　公分. -- (春日文庫 ; 31)
譯自 : 億男
ISBN 978-986-5607-44-9(平裝)

861.57　　　105008885

ISBN 978-986-5607-44-9
Printed in Taiwan

作者	川村元氣
譯者	王蘊潔
封面繪圖	恩佐
總編輯	莊宜勳
主編	鍾靈
出版者	春天出版國際文化有限公司
地址	台北市信義路四段458號3樓
電話	02-7718-0898
傳眞	02-7718-2388
E－mail	story@bookspring.com.tw
網址	http://www.bookspring.com.tw
部落格	http://blog.pixnet.net/bookspring
郵政帳號	19705538
戶名	春天出版國際文化有限公司
法律顧問	蕭顯忠律師事務所
出版日期	二〇一六年九月
定價	299元
總經銷	楨德圖書事業有限公司
地址	新北市新店區寶興路45巷6弄6號5樓
電話	02-8919-3186
傳眞	02-8914-5524
香港總代理	一代匯集
地址	九龍旺角塘尾道64號 龍駒企業大廈10 B&D室
電話	852-2783-8102
傳眞	852-2396-0050